Annette G. Krupka

Rauhnacht

16 Fall um Katherina "Kate" Schulz

Impressum

© 2022 Annette Gisela Krupka
Herstellung und Verlag: BoD – Books on Demand,
Norderstedt
ISBN 9783756829149

Das Buch

Jutta Günther, selbsternannte Plauener Hexe und Medium, warnt ihre Nachbarin, die junge Maxi Krüger, keinesfalls in den Rauhnächten, der Zeit zwischen den Jahren, weiße Wäsche draußenaufzuhängen. Die Wilde Jagd würde kommen und Unheil über sie und ihre Familie bringen. Die junge Mutter, alles andere als abergläubig, schlägt die Warnungen in den Wind und wird prompt, bedeckt mit weißer Wäsche, tot auf ihrem Wäscheplatz aufgefunden.
Hauptkommissar Mike Köhler und sein Team glauben nicht an die Wilde Jagd, sondern an eine klare Beziehungstat.
Ihr Lebenspartner hat ein klares Motiv, aber ist er auch der Mörder? Inzwischen taucht Kate Schulz in eine mystische Welt der vogtländischen Bräuche und Sagen ein und findet eine verblüffende Spur.

Als Mike die Augen öffnete, sah er vor dem Schlaf-
zimmerfenster die Schneeflocken in wildem Treiben.
„Nicht schon wieder", stöhnte er.
Seit Tagen schneite es fast ununterbrochen und so
war die anfängliche Freude auf ein weißes Weih-
nachtsfest der Realität von fast überwältigenden
Schneemassen gewichen. Jeden Tag musste er erst die
Einfahrt freischaufeln, um überhaupt aus der Garage
zu kommen.
Langsam setzte er sich auf und sah zur Uhr. Kurz
nach 7.00 Uhr. Das Bett neben ihm war leer. Er stieg
aus dem Bett, ging ins Bad und dann hinunter in den
Keller.
Da Kate bei diesem Wetter nicht joggen gehen
konnte, hatte sie, kurz nachdem die Wettermodelle
einen Jahrhundertwinter in Aussicht stellten, einen
der Kellerräume kurzerhand zum Fitnessstudio um-
bauen lassen. Jetzt hörte er schon auf der Treppe das
rhythmische Geräusch des Laufbandes und des Fern-
sehers, wo Kate, wie jeden Morgen, die Nachrichten
von CNN ansah. Er streckte den Kopf zur Tür hinein
und sah, wie sie gerade die Hand über dem Aus-
schaltknopf schweben ließ.
„Bin fertig", sagte sie und trabte langsam mit dem
Band aus.
„Hast du auch Augen im Hinterkopf?", fragte Mike
und Kate sah sich nach ihm um.
„Altes FBI-Überbleibsel." Dann lachte sie. „Wusstest

du, dass es sich im Fernseher spiegelt, wenn die Tür aufgeht? Und da ich nicht mit einem Überfall gerechnet habe, lag der Verdacht nahe, dass du es bist."

Sie war vom Laufband abgestiegen, wischte sich das Gesicht an einem Handtuch ab und gab Mike einen Kuss. „Guten Morgen. Ich spring nur unter die Dusche. Lässt du mir einen Kaffee heraus?"

Er lief hinter ihr die Treppe nach oben. „Bis du fertig bist, habe ich nicht mal die Hand am Schalter", rief er ihr nach. Kate war dafür bekannt, in wenigen Minuten startklar zu sein.

Sie sah über das Geländer. „Heute lasse ich mir Zeit." Dann verschwand sie im Bad.

Mike ging in die Küche und begann, den Frühstückstisch zu decken, als er ein Kratzen und Schaben vor der Tür hörte. Stirnrunzelnd ging er zu Eingangstür und beim Öffnen kam ihm ein Schwall eisiger Luft entgegen. Ernst Winter, sein Nachbar, war gerade dabei die Einfahrt freizuschaufeln.

„Guten Morgen", rief der rüstige Rentner ihm gutgelaunt entgegen und deutete mit seinem dicken Fäustling auf den Türknauf.

Mike spähte um die Ecke und entdeckte einen Stoffbeutel mit frischen Brötchen. „Danke", sagte er und zog den Beutel um die Ecke ins Innere. „Aber das hätten sie nicht gemusst."

Er deutete auf die stetig wachsenden Schneeberge links und rechts neben der Gartentür.

Ernst Winter winkte ab. „Da kann ich mich endlich mal dafür revanchieren, was Katherina und sie für

7

mich getan haben, als mein Bein gebrochen war."
Dann schaufelte er unverdrossen weiter.
Mike ließ den Kaffeeautomaten an und schüttete die
Brötchen in einen Korb.
Mascha stand mauzend neben ihm und sah ihn vor-
wurfsvoll aus ihren grünen Augen an.
„Ja doch", murmelte er und griff zu der Tüte mit Tro-
ckenfutter, was von der Katze mit Lauten kommen-
tiert wurde, als habe sie in der letzten Woche nichts
zu fressen bekommen. Er schüttete eine großzügig
bemessene Portion in ihren Napf und stellte eine
Schale mit frischen Wasser daneben. Beides wurde
von Mascha inspiziert, aber ignoriert.
Dann schwenkte sie mit erhobenen Schwanz in Richtung Wohnzimmer, wo sie sich auf der Couch zu-
sammenrollte.
Als Kate in die Küche kam, roch es neben dem Duft
nach Kaffee auch nach Räucherkerzchen und auf
dem Tisch brannten die vier Kerzen des Weihnachts-
gesteckes.
„Wow", sagte sie und nahm Platz. „Hat dich der
Zauber der Weihnacht auch noch eingeholt?"
Sie erinnerte sich noch zu gut, wie geschockt Mike in
ihrer ersten gemeinsamen Adventszeit gewesen war,
als sie in einem Kaufrausch, gemeinsam mit ihrer
Freundin und jetzigen Nachbarin Jasmin, im Erzge-
birge einen Kunstgewerbeladen fast ausgekauft hatte.
Mike stellte den Kaffee vor sie hin und streichelte dabei ihre Hand. „Ich weiß doch, dass es dir gefällt und
ja, ich finde es auch ganz gemütlich."

Kate deutete mit dem Kopf in Richtung Tür. „Ist die eingemummelte Gestalt da draußen Herr Winter?"

Mike nickte. „Er will sich unbedingt revanchieren, weil wir ihn und Frau König doch in der Zeit seines Beinbruches auch versorgt haben."

Er deutete auf den Korb. „Die Brötchen sind auch von ihm."

Während sich Kate ein Roggenbrötchen herausangelte, sah sie zur Uhr. „Es ist richtig schön, dass wir einmal Zeit zum gemeinsamen Frühstück haben und bald sind Feiertage." Sie griff zum Honig. „Ich freue mich auf eine ruhige Zeit."

Mike nickte zögerlich. „Ja, aber ich habe Bereitschaft."

Kate nippte von ihrem Kaffee. „Naja, aber vielleicht ist es ruhig", sagte sie. „Jedenfalls haben wir keinen Besuch. Deine Mutter wollte ja nicht zu uns kommen."

Obwohl Kate das völlig neutral sagte, wusste Mike, dass sie gekränkt war, weil seine Mutter lieber den beschwerlichen Weg nach Holland zu ihrer Tochter angetreten hatte, statt hier mit ihm und ihr zu feiern.

„Naja, sie will halt gern bei ihren Enkeln sein", versuchte Mike es, aber Kate sah ihn mit hochgezogenen Augenbrauen an. „So wie voriges Jahr und das Jahr zuvor und an Ostern auch?"

Als Mike schwieg, zuckte sie mit den Schultern.

„Sie mag mich nicht, basta."

Er setzte zum Sprechen an, schloss dann aber den Mund und griff zu einem Croissant.

Kate musterte ihn eine Weile von der Seite. „Habe ich irgendetwas falsch gemacht, außer ihr ihren Sohn wegzunehmen?"

Mike lehnte sich zurück und legte das Messer aus der Hand. „Nein. Nein, das hast du nicht. In Wahrheit war das Verhältnis zwischen mir und meiner Mutter nie so gut wie zwischen ihr und meiner Schwester. Außerdem denke ich, du bist so ganz anders als Carla. Sie geht in ihrer Berufung als Hausfrau und Mutter völlig auf. Meine Mutter versteht nicht, dass du nicht sofort nach unserer Heirat Kinder bekommen hast und zu Hause geblieben bist. Eine Frau, die selbständig ist, trotz Ehe, passt nicht in ihr Weltbild."

Kate ergriff seine Hand. „Naja, solange ich in dein Weltbild passe, ist es ja in Ordnung. Dann wird es halt ein ruhiges Weihnachten."

„Ha", machte es Mike, der sein Messer wieder ergriffen hatte. „Vielleicht fliegt noch deine Familie aus Israel ein?"

Kate schüttelte den Kopf. „Selbst wenn sie wollten, bei dem Wetter hätten sie keine Chance. Ich habe gestern Abend mit Tante Sarah gechattet, sogar in Jerusalem liegt Schnee. Doch ruhige Weihnachten."

Während sie sich erhob und Kaffee nachschenkte, lachte Mike.

„Dann kennst du die Pläne unsere lieben Nachbarn und Freunde nicht, oder? Erster Weihnachtsfeiertag großes Essen bei Omar, Jasmin und unseren Patenkindern inklusive seiner ganzen Mischpoche und Nachbarn. Zweiter Weihnachtstag, großes Essen bei

Familie Winter und König, auch mit der gesamten Nachbarschaft. Sogar Bogdan Serwowitsch ist eingeladen. Abends dann hat Chris zu einem kleinen Umtrunk in seine neuen Wohnung eingeladen, hast du das vergessen?"

Kate hatte sich zurück auf den Stuhl fallen lassen und stöhnte gespielt theatralisch auf. „Aber der Heilige Abend bleibt uns wenigstens noch?"

Mike bewegte langsam den Kopf hin und her. „Dann freu dich mal nicht zu früh."

Kapitel 2   23. Dezember

„Warum in Gottes Namen habe ich mir nur keinen
Wäschetrockner zugelegt", stöhnte Maxi Krüger leise
vor sich hin, während sie mit, trotz Handschuhen,
steifgefrorenen Fingern den Schnee auf dem Wäscheplatz wegschob.
Es erinnerte sie an das Märchen vom süßen Brei, irgendwie schien der Schnee immer mehr statt weniger
zu werden, obwohl es endlich mit Schneien aufgehört
hatte und auch diesen und den kommenden Tag son-
nig, aber kalt bleiben sollte. Wenigstens konnte sie
die Masse an Wäsche aufhängen, die sich bei ihr an-
gesammelt hatte.
Mit einem kleinen Kind ging das eben schnell und
die zweijährige Nanni war ein ausgemachter Klecker-
fritze. Mit einem Seufzer stellte sie den Schneeschie-
ber zur Seite und schüttelte die Wäscheleinen ab.
In diesem Moment öffnete sich die Tür im Nachbar-
haus und Maxi stöhnte innerlich auf. Auf ein Gespräch mit Jutta Günther, ihre sehr mitteilsamen
Nachbarin, hatte sie heute wirklich keine Lust, zumindest nicht in dieser Kälte. Dann sah sie eine
dampfende Tasse in der Hand der älteren Frau.
„Maxi", rief diese und schwenkte leicht die Tasse.
„Du musst doch völlig verfroren sein, Kind. Komm."
Langsam schlenderte Maxi Krüger in Richtung des
Zaunes und zog dabei die Handschuhe aus.
Ihr war wirklich erbärmlich kalt und sie ergriff die
dampfende Tasse mit einem unvergleichlichen

Gefühl des Wohlbehagens.

„Meine eigene Mischung, mit Melisse und Ingwer. Da wird dir schnell warm."

Zögerlich nippte die junge Frau von dem dampfenden Gebräu, was überraschend lecker war. Als sich ihre Miene aufhellte, nickte Jutta Günther zufrieden. Dann deutete sie in Richtung Wäscheplatz.

„Warum hast du dich denn so geplagt, Kind? In zwei Tagen schneit es doch sowieso wieder."

Maxi drehte etwas die Augen nach oben. „Aber bis dahin kann ich zwei Maschinen Wäsche raushängen, die trocknet auch im Frost. Meine Bettwäsche…"

Sie stockte, als Jutta Günther sie erschrocken ansah.

„Du willst doch jetzt nicht allen Ernstes Bettwäsche und Bettlaken auf die Leine hängen?"

Verdattert sah Maxi sie an. „Jaaaa…" sagte sie zögerlich. „Warum nicht?"

Die ältere Frau schlug die Hände zusammen. „Weil ab morgen die Rauhnächte sind."

„Und was hat das mit meiner Bettwäsche zu tun?", fragte Maxi, langsam etwas genervt. Sie hatte in dieser Kälte absolut keinen Draht für solche Ratespielchen.

Jutta Günther beugte sich über den Zaun und sah Maxi ernst an. „In diesen Nächten ist die Wilde Jagd unterwegs. Das bringt Unglück."

Maxi starrte sie an, dann begann sie schallend zu lachen. Prompt verschluckte sie sich an dem Tee, japste und hustete, um schließlich die Tasse wieder über den Zaun zu reichen.

„Die Wilde Jagd? Das ist nicht dein Ernst, Jutta, oder?"

Als diese, ohne eine Miene zu verziehen, nickte, prustete Maxi wieder los.

„Echt mal, Jutta, dass du solch einen Schwachsinn wirklich glaubst." Kopfschüttelnd machte sie sich auf den Rückweg zum Haus.

„Maxi, bitte", rief Jutta Günther ihr nach, aber diese winkte nur ab. Anfangs war sie froh gewesen, Jutta Günther als Nachbarin zu haben. Die ältere Frau war so der Typ Alt-Achtundsechzigerin, was Maxi und auch ihrem damaligen Freund Lars, der Nannis Vater war, gut gefiel.

Jetzt lebte sie seit einigen Monaten mit Lukas zusammen, ihre Liebe war ganz frisch und Maxi hatte noch immer Schmetterlinge im Bauch, wenn sie an ihn dachte. Naja, Lukas fand Jutta nervig, aber das behauptete er von einigen Leuten in seiner Umgebung. Jedenfalls war Jutta in ihren Augen immer locker drauf, wenn man mal von den teils skurrilen Gestalten absah, die bei ihr ein- und ausgingen.

Dass sie sich selbst als Hexe und Medium bezeichnete, tat Maxi als Schrulle ab. Sollte doch jeder tun und lassen, was ihm gefiel. Außerdem kümmerte sich Jutta jederzeit gern um Nanni und die Kleine mochte sie auch.

Maxis Mutter war da nicht so flexibel, am besten sie meldete sich wochenlang vorher an, wenn sie sie einmal für ihre Enkeltochter brauchte.

Darum mochte Maxi Jutta.

Aber manchmal war sie wirklich nervig, wie eben jetzt. So ein Unsinn, die Wilde Jagd.

Sie sah hinüber zu deren Grundstück. Jutta verschwand gerade wieder in ihrem Haus. Erleichtert atmete sie auf. Na, da würde sie ihre Wäsche vielleicht ohne weitere bizarre Geschichten auf die Leine bringen.

Als sie schon in Richtung Haus unterwegs war, bemerkte sie eine dicht vermummte Gestalt, die gerade durch Jutta Günthers Garten huschte.

Sie ging nicht zu deren Haustür, sondern gezielt in Richtung Straße und verschwand aus Maxis Blickfeld.

Verwirrt schüttelte diese den Kopf und steckte den Schlüssel ins Schloss. Aber das Gefühl, die ganze Zeit beobachtet worden zu sein, jagte ihr plötzlich einen unangenehmen Schauer über den Rücken.

„Sind wir hier richtig?", fragte Frieder Lein und
spähte durch das dichte Schneetreiben.

„Richtung Pfaffengut", murmelte Mike, der das
Lenkrad seines BMW ungewöhnlich fest umklammerte und Mühe hatte, das Auto in der Spur zu halten, sofern man davon überhaupt nur sprechen
konnte.

„Hier rum", rief plötzlich Frieder und Mike schlug
das Lenkrad ein. In diesem Moment begann der Wagen zu schlittern und glitt geradezu sanft in den Stra-
ßengraben.

„Scheiße", sagte Frieder leise und Mike warf ihm einen Blick zu, der Bände sprach. Dann öffnete er unter
Mühen die Autotür und versank sofort im Schnee, als
er nach draußen stieg.

„Bleib drin", befahl er dem Kommissaranwärter, als
dieser seinem Beispiel folgen wollte. Es reichte ja,
wenn einer fast bis zum Hosenbund im Schnee ein-
sank. Mike griff in seine Tasche, um sein Smartphone
herauszuholen, als hinter ihm ein Motor aufheulte
und sich ein Auto durch das dichte Schneetreiben
kämpfte. Er öffnete blitzschnell die Tür, um nicht von
dem Auto erfasst zu werden, das aber elegant direkt
neben ihm hielt. Es war Omar Amris SUV, bestückt
mit Schneeketten.

Aus dem Beifahrerfenster, das genau auf seiner Au-
genhöhe war, lächelte ihm Marianne Jäger entgegen.
Omar kletterte von der Fahrerseite aus direkt auf die

Straße und umrundete seinen Wagen.

Kopfschüttelnd sah er auf den BMW, der mit dem Heck im Graben hing.

„Du hättest warten und mit mir fahren können", sagte der Pathologe und öffnete die Kofferraumklappe. „So, jetzt ziehen wir dich erst mal raus."

Er nahm ein Abschleppseil heraus und klopfte an die Scheibe von Mikes BMW. Frieder Lein schrak zusammen, weil er gerade auf sein Smartphone gestarrt hatte.

„Komm raus und mach dich nützlich", rief Omar und dann deutete er Marianne, sich auf den Fahrersitz seines SUV zu setzen. Er warf dem Kriminalanwärter das Abschleppseil entgegen, der gerade umständlich aus der Beifahrertür kletterte und versuchte, nicht völlig im Schnee zu versinken.

„Festmachen", kommandierte Omar und kletterte dann in den Graben, um an das Heck zu gelangen.

„Sollten wir nicht…", begann Mike.

Omar sah ihn an. „Hier hilft uns niemand. Was glaubst du denn, was los ist? Die Spurentechnik ist nur durchgekommen, weil sie auch so clever waren und Schneeketten draufhaben. Und jetzt komm."

In sich hineinfluchend kletterte auch Mike in den Graben, während Frieder Lein mit steifen Fingern das Abschleppseil zwischen beide Autos einhängte.

„So, und jetzt komm mit hier hinter", befahl Omar weiter, der sich in der Rolle sehr wohlzufühlen schien.

„Langsam und mit Gefühl losfahren, Marianne", rief

er jetzt der Kommissarin zu, die stoisch wie immer Omars Kommandoton ertrug und langsam anfuhr. Und wirklich, der zweite Versuch klappte und Mikes BMW stand hinter Omars SUV auf der Straße. Dieser stieg wieder in seinen Wagen, den Marianne verlassen hatte und dirigierte diese ans Steuer von Mikes BMW. Dann verschwanden sie im Schneetreiben.

Mike und Frieder sahen sich völlig perplex an.

Noch ehe sie richtig reagieren konnten, hörten sie Omars dröhnende Stimme aus der Ferne.

„Kommt ihr mal?"

Vorsichtig bewegten sie sich in den Fahrrinnen der Autos, die zumindest etwas Halt und vor allen Dingen Orientierung boten und kamen an ein Grundstück.

Dort stand Mikes BMW auf einem glatt gefegten Parkplatz und Omar scherzte mit einer Frau mittleren Alters, die mit Pudelmütze und Handschuhen angetan, einen riesenhaften Hund an der Leine führte.

„Das ist Hauptkommissar Köhler, der unglückliche Fahrer dieses schönen Wagens", rief Omar und lachte gemeinsam mit der Frau um die Wette. Diese wandte sich schließlich zu Mike hin. „Sie können ihr Auto hier die nächsten Stunden stehen lassen. Mein Mann kommt bei diesem Chaos erst spät von der Arbeit und bis dahin ist auch der Räumdienst durchgefahren. Wenn nicht, würde mein Freddi denen Beine machen." Dann zwinkerte sie Mike zu. „Er ist schließlich ihr Chef."

Dann wurde sie ernst. „Aber natürlich haben erst die Hauptstraßen Priorität. Es konnte ja keiner wissen, dass hier die Polizei durchmuss. Es ist doch hoffentlich nichts mit der Kleinen passiert?"

Als Mike schwieg, nickte sie. „Natürlich dürfen sie nichts sagen", murmelte sie und zog ihren Hund, der sehr interessiert an Mike geschnüffelt hatte, zurück.

„Komm, Boss. Wir gehen lieber und lassen die Leute ihre Arbeit machen."

Mit einem letzten freundlichen Lächeln verschwand sie in dem rustikalen Haus und Omar deutete auf seinen SUV.

„Bitte einsteigen, die Herrschaften. Der rechtsmedizinische Fahrservice steht zu ihrer aller Verfügung."

Mike schraubte die Augen hoch, hielt es aber für besser, Omars Anflüge von Humor nicht zu kommentieren. Ihm war zuzutrauen, ihn hier in der Pampa stehen zulassen. Zügig, aber sehr routiniert, pflügte dieser sein Gefährt durch das Schneetreiben.

„Wo in aller Welt sind wir?", fragte Frieder, den Google Earth wahrscheinlich im Stich gelassen hatte.

„Da unten ist das Pfaffengut", sagte Marianne und deutete hinaus in die Schneewand.

„Du hast doch eigentlich frei?", fragte Mike, als falle ihm eben erst ein, dass Marianne Jäger am ersten Weihnachtstag mit von der Partie war.

„Wie wir alle", brummte Omar.

Marianne winkte ab. „Als ich die Nachricht gehört habe bin ich gleich los. Meine Männer kommen auch mal paar Stunden ohne mich aus. Das Essen steht

19

fertig in der Röhre."

Ein Auto der Spurensicherung tauchte so plötzlich vor ihnen auf, dass Omar abrupt bremste.

„Mist", murmelte Frieder Lein und kroch durch das Auto, als bei der Bremsaktion sein Smartphone aus seiner Hand geschleudert worden war.

„Weg, es ist weg", sagte er geradezu panisch und versuchte, unter dem Vordersitz zu angeln.

„Du wirst ja mal ohne das Ding auskommen. Ist das fest mit euch Verwachsen, oder was?", brummte O-mar gereizt, der neben dem Spurensicherungswagen eingeparkt hatte und im Aussteigen begriffen war.

„Warten sie nur, bis ihre Kinder so alt sind, Herr Professor", erwiderte Frieder und Mike glaubte sich verhört zu haben. Der sonst eher ruhige und respektvolle Kommissaranwärter fuhr ausgerechnet Omar über den Mund. Dieser steckte seinen Kopf wieder ins Wageninnere und sah den jungen Mann mit zusammengekniffenen Augen an. Dieser hielt dem Blick tapfer stand.

Plötzlich lachte Omar auf, sein tiefes, brummendes Lachen. „Touché, mein Junge, Touché. Ich hab damit zwar noch ein wenig Zeit, aber du hast zweifellos recht."

Er sah zu Mike hinüber, der stumm der Auseinandersetzung gefolgt war. „Bück dich mal, es liegt rechts neben deinem Fuß."

Mike reichte das Smartphone an Frieder weiter, der Omar anlächelte. „Danke, Herr Professor."

Als er ausgestiegen war, reichte Omar ihm die Hand.

„Du bist jetzt lange genug dabei, Frieder. Lass den Professor, ich bin Omar."

Der Kommissaranwärter nahm fast behutsam die ihm dargebotene Hand.

„Danke", sagte dieser und Omar nickte. Als er sich abwandte, murmelte Marianne in Richtung des jungen Mannes. „Das war jetzt der Ritterschlag, das weißt du schon."

Dieser grinste in ihre Richtung. „Aber so was von", sagte er und stampfte beherzt hinter dem Pathologen her.

„So eine Geschichte habe ich auch noch nicht erlebt", sagte Karsten Windisch, der Leiter der Spurensicherung, der vor einem kleinen, aber schmuck aussehenden Haus stand.

Daneben, ähnlich gebaut und nur durch einen Zaun getrennt, stand ebenfalls ein Haus mit einem großen Wäscheplatz, auf dem neben umherliegender Bettlaken, Bettbezügen und Kinderwäsche Karstens Leute umherliefen und Spuren sicherten, soweit das bei dem Schneetreiben möglich war. Gerade versuchten sie, den vermutlichen Tatort mit einem Zelt einigermaßen zu sichern.

Mike runzelte die Stirn. „Und warum stehen wir hier?", fragte er und der Leiter der Spurensicherung deutete auf die angelehnte, hellgrüne Haustür, an der ein Naturkranz hing.

„Komm nur rein", sagte er und reichte ihm Schuhschoner.

Die angenehme Wärme im Inneren durchflutete ihn und er hörte Omar bereits in einem Raum, der an den Flur grenzte, leise mit einer Person sprechen.

„So und jetzt halt mal die Luft an", sagte Karsten und meinte dies sowohl im direkten wie im übertragenen Sinne. Dichte Schwaden von Räucherwerk kamen ihm entgegen und er sah in dem Raum mindestens drei Quellen dieses Qualms, meist aus schlichtem Ton. Erstaunt sah er sich um, von der niedrigen Holzdecke, an der dicht an dicht verschiedene Kräuterbüschel hingen, zu den Wänden, die mit mystischen Zeichen geschmückt waren.

Ein riesiges Bücherregal drohte aus den Nähten zu platzen und überall, auf jedem freien Platz standen oder lagen Bücher, Zettel und Handschriften.

Mitten im Raum stand ein großer Tisch, der sicher mal Bestandteil einer Apotheke gewesen war und dort hatte sich Omar Amris riesige Gestalt über eine junge Frau gebeugt, die wie zu einer Beerdigung aufgebahrt, vollständig bekleidet und mit einem Strauß aus Misteln und anderen Kräutern und Astwerk, auf dem Tisch lag. Um sie herum waren kleine Kerzen angezündet.

„Ich dachte, der Tatort war draußen?", raunte Mike Karsten zu, aber ehe dieser antworten konnte, kam eine stämmige, aber durchaus nicht unattraktive Frau mit leicht graumelierten, offenen Haar und einer dampfenden Teekanne in der Hand in den Raum.

„Ich konnte doch das arme Kind nicht so allein in der Kälte draußen liegen lassen", sagte sie, als sei es das Selbstverständlichste der Welt, das Opfer einer Gewalttat im eigenen Haus aufzubahren. „Wer sollte sich denn um sie kümmern?"

Dann stellte sie die Kanne auf einen kleinen Tisch nahe dem Fenster. „Dein Tee, Professor."

Dieser nickte ihr lächelnd zu. „Danke, Jutta. Gieß mir ruhig schon eine Tasse ein."

Mike kam sich vor wie in einem surrealen Film. Wollte der Pathologe jetzt hier wirklich eine Teatime halten und woher kannte er diese Frau, dass er sie duzte? Omar zog die Handschuhe aus und wusch sich die Hände in einer Schüssel mit dampfenden

Wasser. Dann nahm er mit einem Lächeln die Teetasse entgegen und ging zu Mike, der noch immer neben der Tür stand und die Situation auf sich wirken
ließ.

„Maxi Krüger, siebenundzwanzig Jahre. Sie wurde
niedergeschlagen, mit einem schweren Gegenstand,
ich vermute einem Holzknüppel. Spuren sind noch
erkennbar."

„Kein Sturz?", fragte Mike nach.

Omar schüttelte den Kopf. „Nein, das war ein harter
Schlag, direkt auf den Hinterkopf."

Er nahm einen Schluck von dem Tee und zog die Augenbrauen nach oben. „Der ist ja köstlich, du musst
mir unbedingt die Mischung verraten."

Die Frau lächelte. „Nun ja, eigentlich tue ich das nie.
Aber weil du es bist, Professor."

Sie errötete wie ein junges Mädchen und schrieb
schnell etwas auf einen bereitliegenden Block.

„Ich glaub, ich bin hier im falschen Film", murmelte
Mike leise, aber immerhin so laut, dass Karsten Windisch ihn hören konnte. Der presste die Lippen aufei-
nander, um nicht laut aufzulachen. Omar nahm dan-
kend den Zettel entgegen und reichte ihr die leer ge-
trunkene Tasse.

„Vielen Dank und ich gebe es nicht weiter, versprochen", raunte er der Frau zu. Dann wandte er sich an
Mike. „Wenn ihr fertig seid und ein Bestattungsun-
ternehmen schafft es bis hier her, dann bringt sie
rüber."

Als er Mikes Miene sah, deutete er ihm mit einer

kurzen Bewegung des Kopfes an, mit in den Flur zu kommen.

„Ich weiß nicht, welches Problem du hast, aber die Frau ist sehr respektvoll mit der Toten umgegangen", sagte er, kaum hatten sie die Tür hinter sich geschlossen.

„Sie hat einen Tatort zertrampelt und so ein…"
Er deutete nach dem Raum. „So ein Theater veranstaltet."

Omar sah ihn lange an. „Ich sage es gern noch einmal, sie ist respektvoll mit der toten jungen Frau umgegangen, die da draußen, halb zugeschneit, lag. Erst hat sie gedacht, sie würde noch leben und hat sie deshalb, ohne lange nachzudenken, in die Wärme bracht. Aber dann stellte sie fest, dass sie tot ist und hat sie würdevoll hingelegt und die Polizei benachrichtigt."

Mike stieß ein geräuschvolles Schnauben aus.

„Festgestellt, na toll. Jetzt stellt schon so eine Wald- und Wiesenkräutertante den Tod fest."

Omar schüttelte den Kopf. „Die Wald- und Wiesenkräutertante, wie du sie nennst, ist unter anderem eine zertifizierte Kräuterpädagogin und außerdem eine Kollegin, auch wenn sie schon viele Jahre nicht mehr als Ärztin praktiziert. Du wirst lachen, aber sie hat sogar ihre Approbation noch. Zufrieden?"

Mike blieb kurz der Mund offenstehen. Das hatte er nun wirklich nicht erwartet.

Omar grinste. „Ja, ja. Die Vorurteile."

Dann deutete er nach draußen. „Ich mach mich jetzt

auf den Weg. Du weißt ja, wo dein Auto steht, Karsten kann dich ja bis dahin mitnehmen."

Ein Schwall kalte Luft traf Mike, als Omar die Tür aufriss, dann war der Pathologe im immer stärker werdenden Schneesturm verschwunden.

Mike holte noch einmal tief Luft, dann ging er zurück in das Zimmer, wo Frau Günther bereits neue Kerzen entzündet hatte. Sie lächelte Mike an. „Auch eine Tasse Tee, Herr Hauptkommissar?"

Mike, der keinen Tee mochte und dann schon gar nicht unter diesen Umständen, wollte gerade zu einer Erwiderung ansetzen, als die Tür hinter ihm ins Schloss gezogen wurde.

„Mein Kollege ist eher der Kaffeetrinker, aber ich würde gern eine Tasse nehmen. Jäger, Marianne Jäger." Sie reichte Jutta Günther die Hand, die diese ergriff. „Aber gern doch."

Während sie den Tee eingoss, sah Mike auf die Tote hinab. Irgendwie hatte Omar recht, sie lag sehr liebevoll hingebettet aus und wirkte friedlich, fast so, als schliefe sie. Er holte zu einer Frage aus und bekam prompt einen Hustenanfall.

Dieses verflixte Räucherwerk. Er machte ja, um Kates Willen, auch dann und wann ein Räucherkerzchen an, weil er wusste, wie sehr sie das mochte. Aber das hier war ein olfaktorischer Angriff sondergleichen.

„Oh, sie mögen wohl keinen Weihrauch, Herr Hauptkommissar?", fragte Jutta Günther besorgt und öffnete das Fenster einen Spalt. „Kommen sie hier her, da ist die Luft zwar kalt, aber frisch."

Mike stampfte zu dem Fenster und atmete langsam ein und aus. Besser, deutlich besser. Dann wandte er sich zu Frau Günther um.

„Erzählen sie uns bitte, wann und wie sie Frau Krüger gefunden haben?"

Diese sah zu der Toten hin. „Es war noch stockdunkel draußen. Irgendetwas hat mich geweckt, aber ich weiß nicht was. Ein Gefühl, eine Ahnung, wenn sie mich verstehen?"

Sie sah erst Mike, dann Marianne an, die nickte.

„Ich bin aufgestanden und habe rausgeschaut und den Schneesturm gesehen. Er war ja gemeldet. Aber Cassandra, meine Katze, hat gemaunzt und ich weiß, sie will nur mal kurz raus, ihr Geschäft machen und wieder rein. Ich habe also meine Außenbeleuchtung angeschaltet und sie ist rausgehuscht. Da habe ich drüben bei Maxi die ganze Wäsche gesehen, die im Garten lag und zuzuschneien drohte. Maxi war in dieser Nacht allein, ihr Freund war mit seinen Kumpels irgendwo und die Kleine ist bei ihrem leiblichen Vater. Da sah ich, dass die Haustür aufstand bei Maxi. Also habe ich Cassandra ins Haus zurückgelassen, habe die Taschenlampe genommen und bin rüber. Ich musste ja durch den Garten und da sah ich unter einem Laken eine Form, eine Kontur."

Sie hielt inne und sah wieder zum Tisch.

„Da lag Maxi darunter, ganz steif gefroren. Ich versuchte einen Puls zu finden, aber in dieser Kälte und dem Schneesturm? Also habe ich sie genommen und herübergezogen. Sie ist ja eine Zierliche. Hier habe ich versucht, sie zu erwärmen, aber dann sah ich die Wunde, die in der Kälte gar nicht groß geblutet hat. Ich spürte auch, dass der Schädelknochen gebrochen war. Da wusste ich, dass sie tot ist. Ich konnte sie doch nicht wieder herausbringen, trotz…"

Sie zögerte eine Weile.

Mike sah sie auffordernd an. „Frau Günther, haben sie einen Verdacht, wer Maxi Krüger getötet hat?"

Die Frau sah ihn an. „Verdacht? Ich weiß es."

Mikes Blick glitt zu Marianne, deren Augen groß wurden. So schnell hatten sie ja einen Fall wie diesen noch nie geklärt.

Dann sah er wieder zu Jutta Günther. „Ja und wer?", fragte er und versuchte, nicht allzu ungeduldig zu klingen. Sie sah ihn an und schluckte hörbar. Dann griff sie an ihm vorbei und schloss das Fenster.

Als sie es leise, ja fast geflüstert hatte, sahen sich Marianne und Mike sprachlos an.

Kapitel 4 26. Dezember

Kate sah zu Jasmin hinüber, die angestrengt in ihrem Kaffee rührte und für ihre Verhältnisse ziemlich derangiert aussah. Schließlich ließ sie sich zurückfallen und den Blick über die anderen Gäste des Kaffeehauses gleiten, die ebenfalls ein Feiertagsbrunch gebucht hatten.

Neben ihnen unterhielten sich Bogdan Serwowitsch, Steven Neubauer, Chris Töpfer und Matt leise, während Oleg, Bogdans Leibwächter, ziemlich angespannt auf seinem Stuhl saß.

Da Jasmin erst vor einer halben Stunde eingetroffen war, hatte sich der Zeitplan etwas verschoben, denn Bogdan wollte jetzt aufbrechen und hatte Oleg auf diese Zeit bestellt. Zuvor war seine Anwesenheit, aufgrund der Verdichtung des Personenschutzes, wie Kate es augenzwinkernd genannt hatte, nun wirklich nicht nötig gewesen.

„Warum hat Omar denn heute den Dienst übernommen, das war doch gar nicht geplant, er hat doch Weihnachten frei?", fragte jetzt Kate und Jasmin drehte die Augen nach oben. „Er war so nett und hat den Dienst für einen anderen Kollegen übernommen", sagte sie mit sarkastischem Unterton.

Als Annalena „Abby" Heimat, ihre Ex-Kollegin und jetzige Psychologiestudentin, erstaunt die Augenbrauen nach oben zog, winkte Jasmin ab.

„Nein, keine Ehekrise, falls du das mit deinem Gesichtsausdruck andeuten willst. Obwohl…"

29

Sie nippte an ihrem Kaffee.

„Vielleicht kann man es als solche bezeichnen, wenn ein Mann vor einem zahnenden Kind in den Feiertagsdienst flüchtet." Dann lachte sie auf. „Emma zahnt und brüllt fast die ganze Nacht durch. Natürlich fühlt sich Franz dann auch verpflichtet in dieses infernalische Geheul mit einzustimmen. Wir haben versucht sie räumlich zu trennen, aber das ging dann gar nicht. Da brüllten beide Kinder in Einheit. Heute Nacht war es wieder ganz schlimm und ich denke, Omar war froh, als das Telefon klingelte und er loskonnte. Eine Stunde später standen dann meine Schwiegereltern da und nahmen Emma und Franz mit. Und ich habe noch einmal tief und fest geschlafen, bis vorhin."

Sie atmete tief ein und rekelte sich in das Polster der Sitzbank. Jetzt war Kate auch klar, warum die sonst so perfekt gestylte Jasmin heute eher etwas nachlässig wirkte.

In diesem Moment näherte sich der Besitzer des Kaffeehauses dem Tisch.

„Hallo Rico", begrüßte ihn Kate.

„Eure Männer sind wohl im Dienst?", fragte der, von ihr zu Jasmin schauend. Kate nickte.

„Ja, deswegen unfreiwillig in etwas kleinerer Runde."

Bogdan Serwowitsch winkte den Kaffeehauschef zu sich heran und murmelte etwas. Dieser nickte lächelnd und klopfte ihm auf die Schulter.

Kate sah Bogdan streng an. „Ich hatte euch alle

eingeladen."

Dieser lächelte sie an. „Hast du und ich bin so frei und übernehme die Rechnung." Leise raunte er.

„Setz ich von der Steuer ab", was die Anwesenden mit einem Lachen honorierten.

Bogdan erhob sich. „Bitte, esst und trinkt noch und seit mir nicht böse, aber ich habe noch einen Termin, auch wenn heute Feiertag ist."

Sofort erhob sich auch Oleg, den Matt mit einem Schulterklopfen verabschiedete. Die beiden Männer hatten einmal gemeinsam Bogdan in einer sicheren Wohnung bewacht, als dieser in den Fokus eines perfiden Mordkomplottes geraten war.

Bogdan hatte inzwischen Kate, Abby und Jasmin umarmt und schlüpfte in seinen hellen Kaschmirmantel.

„Stil hat er", sagte Abby leise, als dieser, gefolgt von Oleg, durch das Kaffeehaus schritt.

Kate sah ihm nach. Der Bordellkönig von Plauen, wie er im Allgemeinen genannt wurde, hätte wirklich ein Topmanager sein können, was Stil und Manieren betraf. Kate hatte in ihrer Zeit in Atlanta mit ganz anderen Typen zu tun gehabt und Bogdan Serwowitsch hatte sie anfangs völlig irritiert. Inzwischen war die anfängliche Aversion erst gegenseitigem Respekt und dann einer guten Freundschaft gewichen.

Während Oleg routinemäßig die Straße abscannte, verabschiedete sich Bogdan von der Bedienung und trat in die Kälte hinaus. Man hatte zwar versucht, der Schneemassen in der Plauener Innenstadt irgendwie Herr zu werden, aber kaum war etwas weggeschippt, kam wieder eine Ladung von oben.

Vor dem Kaffeehaus war gerade der Schnee weggeschoben worden und als Bogdan aus der Tür trat, musste er aufpassen, nicht auszurutschen, denn unter dem Schnee hatte sich eine dicke Eisschicht gebildet.

Eine Frau mit langem, dunklen Mantel kam die Straße entlang, hinter der ein großer Hund mit außerordentlich viel Fell entlangtrottete. Sie hatte die Leine nur locker in der behandschuhten rechten Hand liegen, während die linke Hand ein Smartphone an ihr Ohr hielt.

In diesem Moment machte der Hund einen Satz auf Bogdan zu, die Leine wurde der Frau aus der Hand gerissen, die ins Straucheln geriet, sich aber, trotz ihrer Stiefel mit hohen Absätzen, schnell wieder fangen konnte.

Bogdan konnte dem Angriff des Hundes allerdings nicht ausweichen und fand sich eine Sekunde später auf dem Rücken liegend vor, über sich ein riesiger Hund, der ihm freudig das Gesicht zu lecken versuchte.

Als Oleg nach dem Halsband greifen und den Hund von seinem Opfer entfernen wollte, knurrte dieser ihn bedrohlich an, ohne eine der Pfoten von Bogdans Oberkörper zu nehmen.

„Kruste", rief die Frau entsetzt und sprang jetzt ihrerseits zu dem Knäuel aus Hund und Mensch. „Kruste, aus."

Der Hund machte überhaupt keine Anstalten von Bogdan abzulassen, sondern kuschelte sich noch fester an ihn und leckte voller Freude mit seiner riesigen Zunge über dessen Gesicht.

Der hatte sich inzwischen gefangen und spürte, dass dieses riesige Fellbündel eigentlich nur spielen wollte. „Du bist ja ein Feiner", sagte er schließlich, atemlos zwischen den Leckattacken, und nahm den großen Kopf des Hundes zwischen seine Hände, um so den wilden Liebesbeweisen etwas zu entgehen.

Während Oleg relativ ratlos dem Treiben zusah, war es der Frau schließlich gelungen, die Leine wieder in die Hand zu bekommen und den Hund zurückzuziehen.

Bogdan stand mit etwas schmerzverzerrten Gesicht langsam auf und klopfte sich seinen hellen Kaschmirmantel ab, auf dem die Hundeattacke merkliche Spuren hinterlassen hatte.

„Ich komme selbstverständlich für alle Reinigungskosten auf", sagte die Frau und holte tief Luft.

„Ich kann ihnen gar nicht sagen, wie leid mir das tut. Kruste hat das noch nie gemacht. Er muss sie unwahrscheinlich sympatisch finden."

Bogdan sah in sehr blaue Augen, die ihn regelrecht anstrahlten.

„Ihr Hund heißt Kruste?", fragte er, nachdem er seine Stimme wieder gefunden hatte.

Die Frau lächelte verlegen. „Das ist eine ganz eigene Geschichte." Dann wurde sie ernst. „Ist ihnen, außer dem beschmutzten Mantel, auch wirklich nichts passiert?"

Bogdan, der inzwischen neben den Hund getreten war, der ihn begeistert anhechelte und dessen Rücken er kraulte, schüttelte den Kopf. „Nein, alles in Ordnung. Was ist das für eine Rasse?"

„Ein Komondor."

Bogdan nickte verstehend und sah die Frau eindringlich an. „Nun ja", sagte er langsam und sehr ernst.

„Aber um einen Schadenersatz werden sie nicht herumkommen."

Ihre blauen Augen nahmen für einen Augenblick einen verblüfften Ausdruck an, aber dann nickte sie.

„Natürlich. Ich bin ja versichert", sagte sie bestimmt. Dann hielt sie inne, da sie ihrerseits in Bogdans Augen ein Glitzern sah. Er kraulte noch immer den Kopf des riesigen Hundes und zog die Stirn kraus.

„Also, ohne ein Abendessen mit mir sehe ich da keine Basis für eine Einigung."

Eine Weile sagte die Frau nichts, sondern legte den Kopf leicht zur Seite und musterte ihr Gegenüber. Dann zog sie langsam den Handschuh ihrer rechten Hand aus und reichte diese ihm. „Abgemacht. Wann und wo?"

„Hotel Alexandra, morgen Abend?"

Sie spitzte etwas die perfekt geschminkten Lippen.

„Sie sind ein Mann von schnellen Entschlüssen, nicht wahr? Also gut, morgen Abend, 18.00 Uhr."

Sie nahm Kruste an der jetzt sehr kurzen Leine und dieser ließ sich, wenn auch scheinbar widerwillig, die Straße hinunterführen.

Oleg sah stirnrunzelnd der Frau und ihrem Hund nach. Das gefiel ihm nicht, dass gefiel ihm ganz und gar nicht.

„Die wilde Jagd, ich fass es nicht", sagte Mike und
sah Omar an, der seinerseits leger die Schultern
zuckte. „Ich denke, die Frau ist Akademikerin, wie
du gesagt hast, approbierte Ärztin und dann erzählt
sie uns so einen Mist."

Mike konnte sich gar nicht beruhigen, zumal auch
Omar so gelassen reagierte. „Tja, mein Freund, es
gibt mehr Dinge zwischen Himmel und Erde…"

„Ja, ja", unterbrach ihn Mike und sah den Rechtsmediziner mit einem grimmigen Blick an. „Ich wäre dir
sehr verbunden, wenn du etwas Rationales in diesen
ganzen mystischen Kram bringen könntest."

Omar schüttelte mit Blick auf Marianne Jäger den
Kopf. „Dein Chef ist ja heute wirklich in Hochform."
Dann wandte er sich an sein Tablet. „Also, Maxi Krüger wurde mit einem heftigen Schlag auf den Hinterkopf getroffen, der ursächlich nicht tödlich war. Sie
ist erfroren."

Als er Mariannes entsetzten Blick sah, schüttelte er
den Kopf. „Sie war durch den Schlag bewusstlos und
bei den derzeitigen Temperaturen dürfte es ziemlich
schnell gegangen sein. Sie hat zumindest definitiv
nicht gelitten."

Mike musterte ihn, als er nichts weiter sagte. „Ja und?
War es das?"

Omar fuhr zu ihm herum. „Hör mal zu, lass deine
schlechte Laune nicht an mir aus, ja. Ich kann nichts
dafür, wenn irgendein Verrückter mitten in der

Pampa bei diesem Wetter jemand umbringen muss und das an Weihnachten. Ich kann auch nichts dafür, wenn Frau Günther nicht deinen Vorstellungen entspricht."

Sichtlich genervt, warf er ein medizinisches Gerät in eine Schale.

„Ich habe auch die halbe Nacht nicht geschlafen, weil Emma wie am Spieß brüllte und Franz jedes Mal mit einstimmte", schob er noch nach.

Mike holte tief Luft. „Entschuldigung", murmelte er, aber Omar winkte ab.

„Geschenkt. Und nein, ich kann dir nicht mehr sagen. Die junge Frau war ansonsten kerngesund. Es gibt auch keinerlei Hinweise auf Gewalt, außer diesen Schlag."

Mike wollte etwas erwidern, als sein Dienstsmartphone klingelte. Er ging aus Omars Raum hinaus, während Marianne den Pathologen mitleidig musterte. Der hatte wirklich dicke Augenringe und wirkte insgesamt erschöpft.

„Mach dir nichts draus", sagte sie. „Sie werden schneller groß als du dir vorstellst."

„Naja, momentan hilft mir das wenig", murmelte er, aber ein Lächeln erhellte dabei sein Gesicht.

Mike kam zurück in den Raum. „Wir müssen noch mal raus zu Maxi Krügers Haus. Ihr Lebensgefährte ist da und macht Terror, weil er nicht ins Haus kann."

Dieses Mal war die Straße weitgehend geräumt und Mike wusste, dass dies diesem ominösen Freddi zu verdanken sein musste, an dessen Grundstück er gestern gestrandet war. So konnten sie ziemlich zügig zu den beiden abgelegenen Häusern durchfahren.

Die Autos der Spurensicherung standen noch dort, flankiert von einem Streifenwagen und einem Jeep mit Plauener Kennzeichen.

Als Mike den Wagen stoppte, sah er zwei Streifenbeamte und Karsten Windisch, die mit einem sichtlich aufgebrachten jungen Mann diskutierten, der immer wieder versuchte, diese menschliche Kette zu durchbrechen, um in das Haus seiner Lebensgefährtin zu gelangen.

Am Gartenzaun stand Jutta Günther und sagte irgendetwas zu dem jungen Mann.

Dessen Kopf flog herum. „Lass mich endlich in Ruhe, du alte Hexe", brüllte er so laut, dass Mike es durch das geschlossene Wagenfenster hörte. Als er die Wagentür öffnete, setzte dieser die Schimpfkanonade gerade fort.

„Ständig musst du deinen verdammten Rüssel in alles hineinhängen. Verzieh dich endlich, oder..."

„Jetzt ist hier aber Schluss", rief Mike, der gerade ausgestiegen war und noch auf Marianne wartete.

„Und wer ist der Kasper?", fragte Maxi Krügers Lebensgefährte und sah zu Mike hin, der den Weg hinauflief.

„Der Kasper ist Hauptkommissar Mike Köhler und sie schrammen gerade ziemlich nahe an der

Beamtenbeleidigung entlang. Von Widerstand gegen Vollstreckungsbeamte mal abgesehen, oder?"

Inzwischen war Mike bei dem jungen Mann angekommen und streckte ihm seinen Dienstausweis entgegen, was dieser ignorierte.

„Ich will hier rein", sagte er, ohne auf das eben gesagte einzugehen.

„Und ich sage ihnen jetzt zum letzten Mal, das ist ein Tatort und dieser ist noch nicht freigegeben. Also suchen sie sich inzwischen eine andere Aufenthaltsmöglichkeit", sagte Karsten Windisch in einem Tonfall, den man gegenüber uneinsichtigen Kleinkindern anwenden würde.

„Ich gehe jetzt hier rein und sie halten mich nicht davon ab."

Mike erwischte noch die Jacke des jungen Mannes und zog ihn so heftig zu sich heran, dass er fast das Gleichgewicht verlor.

„Eh", protestierte der.

„Ihre Papiere", fuhr Mike ihn harsch an. „Aber bitte etwas plötzlich."

„Haben wir schon, Herr Hauptkommissar", sagte ein junger Uniformierter, den Mike nicht kannte.

„Lukas Neidel", ergänzte er und hielt Mike dessen Personalausweis entgegen. Dieser warf nur einen kurzen Blick darauf. In diesem Moment erschien Martin, ein Mitarbeiter von Karsten, in der Haustür.

„Kommt ihr mal?", fragte er und warf einen Blick auf seinen Chef sowie auf Mike und Marianne.

Letztere sah, wie Lukas Neidel blass wurde und

hektisch in Richtung seines Jeeps sah.

Marianne warf den beiden Uniformierten einen auffordernden Blick zu. „Herr Neidel bleibt hier, bis wir wieder herauskommen."

Dann folgte sie Mike und Karsten in das kleine Haus. Dieses hatte eine ähnliche Bauweise wie das ihrer Nachbarin Jutta Günther, wirkte innen aber völlig anders. Es war sehr minimalistisch, fast stylisch eingerichtet und hatte so gar nichts von der Urgemütlichkeit eines alten Bauernhauses.

Karstens Mitarbeiter Martin lotste sie über eine schmale Stiege in einen Keller, der einen ordentlichen Holzvorrat und einige Gebrauchsgegenstände enthielt, die wohl auf ihre Entsorgung warteten. Etwas von dem säuberlich aufgeschichteten Holz war zur Seite geräumt worden und eine massive Metallkiste wurde sichtbar.

Die Spurensicherung hatte das Schloss aufgesprengt und der junge Mann, der sie hier herunter geführt hatte, öffnete mit dem Grinsen eines Zauberkünstlers, dem ein unglaublicher Trick gelungen war, den Deckel.

Ein leichter Pfiff entwich Mike.

„Das ist bestimmt für 10.000 € Kokain und 12.000 € Bargeld", stellte Karsten fest und grinste breit. „Darum wollte er unbedingt hier rein. Ich rufe gleich die Kollegen von der Drogenfahndung an. Na, die werden sich freuen."

Marianne Jäger starrte noch immer auf die Kiste, die jetzt unter fachkundiger Leitung der Spurensicherung entleert worden war. „Glaubst du, der Mord an Maxi Krüger könnte damit in Zusammenhang stehen?", fragte sie über die Schulter Mike, der sich im Keller umsah.

Dieser trat neben sie. „Ich denke sogar mit ziemlicher Sicherheit. Das hier sieht nach Drogenhandel im großen Stil aus und jemand wollte ein Stück von dem Kuchen abhaben. Dieser Neidel war an dem Abend nicht zu Hause, vielleicht dachten der oder die Täter, er ist mit Frau Krüger wohin gegangen und das Haus ist leer. Die hat etwas gehört, ist raus in den Garten und zack."

Es klang plausibel, aber Marianne zog trotzdem die Stirn in Falten. „Und dann sind sie einfach so wieder weg, ohne das Haus zu durchsuchen.? Da war doch nichts, oder?", wandte sie sich an Karsten Windisch, der den Kopf schüttelte. „Nein, hier hat niemand gewühlt, definitiv nicht."

Mike zuckte die Schultern. „Vielleicht waren sie so erschrocken, dass sie panisch geworden sind, oder haben noch etwas anderes gehört, zum Beispiel von Frau Günther?"

Marianne Jäger war nicht überzeugt. Solche Typen

brachen nicht einfach ab, weil sie jemand zu Boden geschlagen hatten, nicht bei so einer Menge an Rauschgift und Geld. Aber sie wollte sich nicht zu schnell und zu weit mit ihrer Meinung aus dem Fenster lehnen und schwieg erst einmal.

Mike klopfte mit den Fingern auf den Türstock der hölzernen Kellertür. „Marianne, fahr mit Neidel ins Präsidium. Dort lasst ihr ihn erst einmal bissel schmoren, das wird ihm gar nicht gefallen, so reizbar, wie er ist."

Sie nickte und sah ihn an. „Und du?"

Er seufzte. „Ich gehe zu Frau Günther."

Marianne verkniff sich ein Lächeln und ging an ihm vorbei die schmale Stiege hinauf. Als Mike ebenfalls nach oben kam und das Haus verließ, um den Nachbargarten zu betreten, sah Karsten Windisch, der neben Marianne getreten war, ihm stirnrunzelnd nach.

„Was macht der denn?", fragte er.

„Er geht den Gang nach Canossa", sagte Marianne und verließ das Haus.

Jutta Günther musste hinter der Tür gestanden haben, den kaum hatte Mike den Finger von der Klingel genommen, wurde die Tür aufgerissen.

„Hallo, Herr Hauptkommissar", sagte sie mit einem strahlenden Lächeln und trat zur Seite. „Kommen sie doch herein, draußen ist es wirklich ziemlich kalt."

Mike, der verblüfft über diese herzliche Begrüßung war, kam der Aufforderung nach und folgte der Frau in den warmen Wohnraum, wo sie ihm den Mantel abnahm. Im Vorbeigehen ergriff sie ein Tongefäß mit Weihrauch und nahm es mit nach draußen.

„Sie mögen es ja nicht", sagte sie in Mikes Richtung. Als sie zurückkam, nahm sie einen Porzellanfilter und eine Kaffeekanne aus dem Schrank und begann, aus eine Dose Kaffeepulver zu löffeln. Dann schüttete sie langsam heißes Wasser aus dem Kessel, der auf dem Küchenherd kochte, hinein. Schließlich stellte sie eine Tasse und die Kanne vor Mike ab.

„Und sie mögen ja auch keinen Tee, Herr Hauptkommissar", sagte sie augenzwinkernd und nahm ihrerseits einen bauchigen Teetopf, der vor sich hin dampfte, in die Hand und setzte sich Mike gegenüber.

Dieser holte tief Luft und schenkte sich ein. Als er den ersten Schluck nahm, zog er anerkennend die Augenbrauen nach oben.

„Bio-Qualität", sagte seine Gastgeberin und sah ihn auffordernd an.

Mike stellte die Tasse ab und lehnte sich etwas zurück. „Als erstes, Frau Günther, möchte ich mich entschuldigen. Es war…ich meine…ich habe da wohl etwas überreagiert."

Jutta Günther lächelte und winkte ab. „Ach, Herr Hauptkommissar, das bin ich gewöhnt. Es gibt einige Menschen, die so gar keinen Bezug dazu haben was ich denke, fühle oder tue. Da sind sie nicht der Erste und sicher auch nicht der Letzte."

Mike holte tief Luft. „Es ist nur, es war ein kleiner Schock für mich, dass sie wirklich glauben könnten, diese Tat wurde durch…durch Sagengestalten verübt. Sie, eine Akademikerin, also wirklich."

Er schüttelte den Kopf und begegnete Jutta Günthers ungerührten Blick. Schließlich räusperte er sich.

„Nun ja, wie es auch sei. Ich denke, dass wir es hier mit einem ganz irdischen Täter zu tun haben."

Jutta Günthers Blick fuhr in Richtung Fenster.

„Haben sie deshalb Lukas Neidel festnehmen lassen? Vermuten sie wirklich, dass er es war?"

Mike wog den Kopf langsam hin und her und fragte sich, wieviel er Jutta Günther sagen konnte. Trotz dieser unsinnigen Vorstellungen von der Wilden Jagd erschien sie ihm doch als eine durchaus integre Person und gute Menschenkennerin, die ihre Umwelt sehr genau beobachtete und einschätzte.

„Das wissen wir eben noch nicht. Aber wir haben eine große Menge an Drogen und Bargeld versteckt im Keller des Hauses gefunden. Glauben sie, das Maxi Krüger davon wusste oder etwas damit zu tun hatte?"

Spontan schüttelte sein Gegenüber vehement den

Kopf. „Nein, Herr Hauptkommissar, nie und nimmer. Ich kenne Maxi, seit sie ein kleines Mädchen war. Das Haus drüben gehörte ihrem Großvater, im Übrigen ein wundervoller Mensch und guter Nachbar. Als er gestorben ist, wollte Maxis Mutter das Haus auf keinen Fall. Sie ist eher so der Stadttyp." Was sie davon hielt, sagte ihre Miene nicht aus, aber sie wischte die Bemerkung mit einer Handgeste zur Seite. „Jedenfalls hat Maxi es dann für ihre Zwecke mit ihrem damaligen Lebensgefährten und Nannis Vater ausgebaut."

Sie lächelte etwas. „Naja, mein Geschmack war es nicht, aber sollen es sich die jungen Leute so gestalten wie sie es möchten. Lars ist ein sehr netter junger Mann, geschickt, er hat fast alles selbst gemacht und hat auch mir immer geholfen, wenn man Not am Mann war. Als Nanni auf die Welt kam, habe ich mich, so gut es geht, revanchiert. Ich habe oft auf die Kleine aufgepasst, das die jungen Leute mal weggehen und etwas Zeit für sich haben konnten. Maxis Mutter war da eher etwas zeitlich unflexibel und zu den Eltern von Lars wollte Maxi die Kleine so gut wie nie geben. Warum, hat sie mir nie erzählt."

Sie nahm einen Schluck von ihrem Tee und stellte langsam den Topf auf den rustikalen Holztisch. Dann zuckte sie etwas resigniert die Schultern.

„Naja, sei es wie es sei. Im vergangenen Jahr haben sie sich dann getrennt."

Mike sah sie an. „Und Lars, wie hat er es verkraftet?" Sie lächelte traurig. „Schlecht, wenn sie mich fragen.

Aber er hat immer versucht, Haltung zu bewahren. Maxi war trotzdem fair, obwohl nur sie das Sorgerecht hat, war sie immer dafür, dass Lars Nanni regelmäßig holt. So auch gestern."

Dann sah sie Mike an. „Weiß er es schon?"

Dieser schüttelte den Kopf. „Wir hatten einen Kollegen vorbeigeschickt, aber leider niemand angetroffen. Auch Maxis Mutter war nicht anzutreffen."

Jutta Günther nickte. „Ich könnte mir vorstellen, dass Lars mit der Kleinen bei seinen Eltern ist, wegen der Feiertage. Sie wohnen in Elsterberg. Wenn sie möchten, kann ich ihnen die Adresse geben."

Als Mike nickte, zog sie zu seinem Erstaunen ein IPhone der neuesten Reihe aus einer Schublade und sagte ihm schnell die Adresse an. Sie musterte ihn über den Rand des Geräts hinweg.

„Na, das passt jetzt so gar nicht in das Bild, was sie sich von mir gemacht haben, nicht wahr, Herr Hauptkommissar?", fragte sie leicht spöttisch und Mike grinste.

„Touché", sagte er und sie setzte sich wieder.

„Maxis Mutter ist in Dubai und kommt erst nach den Feiertagen zurück." Dann nahm sie noch einen Schluck Tee und den Gesprächsfaden wieder auf.

„Dann kam dieser Lukas und der hat Maxi nicht gutgetan. Ich sage das nicht, weil er mich nicht mochte und es ihm schon ein Dorn im Auge war, wenn Maxi nur mit mir sprach. Er war einfach nicht der richtige Umgang für sie."

Mike drehte mit seinen Fingern die Kaffeetasse hin

und her. „Haben sie irgendwann etwas Verdächtiges bemerkt, Autos, Leute, die hier nicht hingehören?"

Zu seinem Erstaunen verbat sich Jutta Günther nicht seine Verdächtigung, sie würde ihre Nachbarn ausspionieren, sondern dachte wirklich angestrengt nach.

„Nein, da war niemand, jedenfalls solange ich da war und das ist relativ häufig. Aber er selbst, er war häufig weg, zu den unmöglichsten Zeiten ist er hier mit seinem Jeep hin- und hergefahren. So auch gestern, ich meine, wer lässt seine Freundin am ersten Weihnachtstag allein, noch dazu, wo die Kleine bei ihrem Vater ist?"

Sie schüttelte den Kopf und sah dann Mike wieder an. „Unter dem Aspekt, was sie mir allerdings vorhin sagten, betrachtet, machte das schon Sinn. Ein Drogendealer hat wohl eher keine festen Arbeitszeiten."

Mike lehnte sich etwas zu Jutta Günther hin.

„Auch wenn sie es schon einmal erzählt haben, bitte. Was haben sie in jener Nacht gehört? Wie lief es ab?"

Jutta Günther schloss eine Weile die Augen, als müsse sie die Bilder visualisieren und öffnete sie dann wieder langsam.

„Also, ich habe am ersten Weihnachtstag früh gegen 8.00 Uhr gesehen, wie Lars Nanni abgeholt hat. Sie trug das rosa Teddymäntelchen, das Maxi ihr zu Weihnachten gekauft hatte und ihren geliebten Plüschhasen. Lars winkte rüber zu mir und sagte noch, dass die Straße hier heraus eine einzige Katastrophe zu werden schien, wenn wirklich der angekündigte Schneefall am zweiten Weihnachtstag käme. Ich meinte noch, es werde vielleicht doch nicht so schlimm. Da hatte ich mich ja wohl geirrt."

Sie stand auf und schenkte sich Tee aus einer bauchigen, unglasierten Tonkanne ein.

„Kurz danach sah ich dann Lukas mit seinem Jeep kommen, ich hatte immer den Eindruck, er geht bewusst Lars aus dem Weg. Gegen 17.00 Uhr ist er dann wieder abgefahren, ich dachte erst, er will noch etwas besorgen, aber er kam nicht wieder. Der Platz unterm Carport blieb leer. Ich bin gegen 22.00 Uhr ins Bett, bis dahin habe ich gelesen. Um genau 3.00 Uhr bin ich aufgewacht."

„Sind sie sich sicher, dass es genau 3.00 Uhr war?", unterbrach Mike sie hier, während er sich wieder eine Notiz machte.

„Ja, natürlich, es war zur Wolfsstunde."

Mike ersparte sich zu fragen, was bitte denn die Wolfsstunde sei und nickte ihr zu, fortzufahren.

„Also, ich hörte eine Tür ins Schloss fallen, laut. Und dann ein Rauschen. Ich stand auf, denn ich war mir sicher, es ist die Wilde Jagd, die ihr Unwesen treibt. Es ist eine Rauhnacht und noch dazu die Wolfsstunde. Also habe ich mir Sorgen um Maxi gemacht, denn ich hatte sie gewarnt, die Bettwäsche nicht rauszuhängen."

Sie schwieg eine Weile, weil sie das Erlebte scheinbar noch immer tief bewegte. Dass sie sich mit den Aussagen eigentlich selbst verdächtig machte, kam ihr scheinbar nicht in den Sinn.

Auch Mike glaubte eher nicht daran, dass die ehemalige Ärztin etwas mit dem Tod von Maxi Krüger zu tun hatte, wollte aber noch nichts ausschließen.

„Ich trat ans Fenster und sah, wie stark es geschneit hatte. Dabei fielen mir zwei Sachen auf. Maxi hatte die Wäsche nicht abgenommen und die Leinen waren scheinbar unter der Schneelast gerissen, sodass die Wäsche teilweise unter dem Schnee begraben lag und die Haustür von Maxi stand auf. Also habe ich meinen Mantel und die Stiefel angezogen und bin rüber, ich dachte, vielleicht ist etwas mit dem Mädel."

Mike sah sie eindringlich an. „Das war sehr mutig, Frau Günther, es hätten Einbrecher im Haus sein können."

Die Angesprochene machte eine verächtliche Geste.

„Ach was, so schnell lasse ich mich nicht ins Boxhorn jagen und außerdem…" Sie stand auf und ging in die Ecke um einen dicken, glatten Knüppel zu holen.

„Den habe ich in solchen Fällen immer bei mir."

Sie sah auf den sprachlosen Mike und hielt ihm den Knüppel entgegen. „Lassen sie ihn spurentechnisch untersuchen. Es ist nicht die Tatwaffe", sagte sie und hüllte ihn dabei sorgfältig in ein Tuch ein.

Mike hatte Mühe nicht aufzulachen, irgendwie begann Jutta Günther ihm zu imponieren.

Dann setzte sie sich wieder. „Ich habe Maxi erst gar nicht gesehen, dann nur den Fuß unter einem Bettlaken. Ich habe es weggezogen, und da lag sie, als würde sie schlafen. Ich spürte keine Vitalzeichen mehr, aber das will ja nichts heißen in der Kälte. Also nahm ich sie und zog sie bis zu meinem Haus. Dort habe ich sie dann hineingetragen und wollte die Rettung rufen, aber dann sah ich die Verletzung und auch, dass sie tot war, weder ich noch ein Notarzt hätten ihr noch helfen können."

Mike räusperte sich. Irgendwie machte ihr Verhalten jetzt schon Sinn, so wie sie es schilderte.

„Trotzdem. Der Tatort war damit sehr verändert", wandte er vorsichtig ein.

Sie nickte. „Das hat ihr Kollege von der Spurensicherung auch gesagt und ich habe ihm versprochen, eine Zeichnung anzufertigen, wie ich alles vorgefunden habe."

Sie erhob sich wieder und legte Mike zwei Zeichnungen hin. Es waren Bleistiftzeichnungen und wirkten wie Schwarz-weiß-Fotografien, so präzise waren sie. Die eine Zeichnung zeigte die bedeckte Leiche von Maxi Krüger. wo nur der Fuß, bekleidet mit einem Hausschuh, herausschaute. Die zweite Zeichnung zeigte Maxi, komplett abgedeckt, bekleidet mit Schlafanzug, einem Mantel und Hausschuhen.

„Wow", sagte er nur und nahm die Zeichnungen fast ehrfürchtig entgegen.

Jutta Günther lächelte. „Ich habe mir in meiner Studienzeit etwas Geld nebenbei mit Porträtmalerei verdient."

Er nickte anerkennend. Dann entschloss er sich zu einer letzten Frage. „Hatte Maxi Feinde, fühlte sie sich bedroht?"

Wieder dachte Jutta Günther fokussiert nach.

„Feinde? Nein. Maxi war eine nette, lebenslustige junge Frau mit einem sehr offenen Wesen. Das werden ihnen ihre Kollegen in der Physiotherapiepraxis Leuchel sicher bestätigen. Und dann…"

Sie hielt inne und dachte nach.

„Frau Günther?", fragte Mike nach einer Weile.

Diese sah ihn an. „Wissen sie, bedroht nicht. Aber sie hat mir einmal gesagt, sie fühle sich beobachtet. Erst hatte sie Lars in Verdacht, aber das hat sich nicht bestätigt. Aber mehr hat sie mir dann auch nicht erzählt."

Mike erhob sich und reichte ihr die Hand. „Danke Frau Günther, auch für den leckeren Kaffee."

Sie nickte und begleitete ihn zur Haustür und gab ihm Mantel, Knüppel und die beiden Zeichnungen.

Lukas Neidel hatte zuerst während der Fahrt zum Präsidium und auch noch im Verhörraum die wüstesten Beschimpfungen und Beleidigungen ausgestoßen, aber dann, als er zur Befragung ging, zugemacht wie eine Auster.

„Nichts, nada, njente, nitschewo", sagte Marianne resigniert, als Mike endlich im Präsidium ankam. „Der sagt nichts."

Dieser winkte ab. „Immer mit der Ruhe, wenn er etwas mit dem Mord zu tun hat, wird Karsten es auch finden."

„Danke für die Vorschusslorbeeren", ertönte eine Stimme von der Tür her. Karsten trat ein.

„Zwar kann ich damit noch nicht dienen, aber am Kokain und am Geld sind jede Menge Fingerabdrücke von Neidel. Also können die Kollegen von der Droge gleich übernehmen. So oder so, er bleibt erst mal in Gewahrsam bei so einer Menge. Und bevor du fragst, Fingerabdrücke von Maxi Krüger waren weder an der Kiste noch an den Koksbeuteln noch am Geld. Sie scheint wirklich nichts davon gewusst zu haben."

Er ließ sich auf einen Stuhl an Mikes Schreibtisch fallen. „Ich finde deine Idee von einem Dealerkrieg gar nicht so weit hergeholt. Sie wollten das Zeug holen, Maxi kam ihnen in die Quere, sie haben sie niedergeschlagen und wurden gestört."

„Aber von wem?", warf Marianne Jäger ein.

„Der Nachbarin?", mutmaßte Karsten, aber hier schüttelte Mike den Kopf. „Nein, mit ihr habe ich darüber gesprochen. Neidel ist zwar zu den unmöglichsten Zeiten weggefahren und auch wiedergekommen, aber Fremde waren nie da, auch in jener Nacht nicht."

„Außer der Wilden Jagd", gluckste Karsten und Mike grinste schief. „Naja, so verrückt das alles ist, erscheint mir Frau Günther doch verhältnismäßig klar in ihren Aussagen."

Karsten sah ihn entsetzt an. „Sag jetzt bloß du glaubst auch an die Wilde Jagd? Also, spurentechnisch konnte ich da nichts nachweisen." Er lachte schallend.

Mike drehte die Augen nach oben. „Lass mich doch mal mit dieser blöden Wilden Jagd in Ruhe. Frau Günther hat gesagt, sie wurde durch eine Tür, die geschlagen wurde, wach und hörte dann ein Rauschen und dachte…" Er winkte ab, noch ehe Karsten etwas sagen konnte.

Marianne Jäger sah von Mike zum Leiter der Spurensicherung. „Es ist doch möglich, dass ihr jemand glauben lassen wollte, die Wilde Jagd hätte Maxi Krüger getötet, jemand, der sie und ihre Ambitionen dahingehend kennt?"

Die beiden Männer starrten sie an.

„Ähm…", machte Mike und Marianne lächelte.

„Tja, meine Herren, Es gibt für viele Dinge eine logische Erklärung. Ich gehe jetzt mal schauen, ob sich unser Drogendealer eines Besseren besonnen hat."

Damit schloss sie die Tür hinter sich.

„Das kann zeitlich nicht stimmen", sagte Omar Amri und deutete auf sein Tablet. Er war im Beratungsraum als Letzter eingetroffen und sah eindeutig noch erledigter aus als am Morgen.

„Maxi Krüger wurde gegen Mitternacht plus minus einer Stunde niedergeschlagen. Drei Uhr wäre einfach zu spät. Falls der Täter so lange gewartet hat, war das schon ein großes Risiko."

„Und wo hat er gewartet? Im Haus?", fragte Frieder Lein.

„Keine Einbruchsspuren, nirgends", murmelte Karsten Windisch und betrachtete sinnend die beiden Zeichnungen von Jutta Günther.

„Und im Haus, gab es da verdächtige Spuren?", fragte Mike noch einmal nach. „He, Karsten, noch an Deck?", fuhr er den Leiter der Spurensicherung an. Dieser hob langsam den Kopf und nahm die erste der beiden Zeichnungen und schob sie zu Mike hin. „Was fällt dir auf?"

Mike sah erst ihn, dann das Bild an, ohne etwas zu sagen, als er von Omar etwas zur Seite geschoben wurde. Dieser sah auf die Zeichnung und nickte Karsten zu. „Das Maxi Krüger abgedeckt wurde. Sie liegt unter einem Bettlaken, wie unter einem Leichentuch."

Mike runzelte die Stirn. „Frau Günther meinte, die Wäscheleine wäre unter der Schneelast gerissen."

„Und Frau Krüger stand direkt darunter und wartete, dass sie auf sie fiel, oder was?", wandte Omar ungeduldig ein.

„Sie wurde niedergeschlagen."

Auch Mike klang jetzt gereizt.

„Trotzdem macht es spurentechnisch wenig Sinn, aber ich werde es nachprüfen. Ich sage dir jetzt schon zu 85%, Maxi Krüger wurde abgedeckt."

Damit wollte sich Karsten erheben, als die Tür des Beratungsraumes beim Öffnen fast aus den Angeln gerissen wurde.

Ein kleiner, drahtiger Mann kam herein, dessen Alter man nur grob zwischen 50 und 70 Jahre schätzen konnte. Sein Gesicht wirkte immer verkniffen und wettergegerbt, als habe er den Großteil seines Lebens an der frischen Luft zugebracht. An den Armen, die von einen schlapprigen T-Shirt nur mäßig bedeckt wurden, sah man neben zahlreichen Tattoos, die wirkten, als sein sie im Knast gestochen worden, einige vernarbte Einstiche, die auf eine Drogenvergangenheit schließen ließen.

„Moin", sagte Roman Würtenberger, Leiter der Drogenfahndung, in schönstem Hamburger Dialekt.

Ro, wie er von allen genannt wurde, hatte viele Jahre Undercover in Hamburg unter dem Namen *die Ratte* ermittelt und es war schließlich seinem Einsatz zu verdanken, dass einer der größten Drogenclans hochgenommen werden konnte. Seine Tattoos waren damals bewusst lausig schlecht gestochen wurden und die Nadeleinstichnarben waren unter ärztlicher Aufsicht und natürlich ohne Drogen entstanden.

Aber alles in allem erschien sein Äußeres damals so täuschend echt, dass er bis in den innersten Kreis des

Drogenkartells eindringen konnte. Danach war es ratsam, die *Ratte* ebenfalls verschwinden zu lassen und Roman Würtenberger begann wieder ein normales Leben bei der Drogenfahndung, allerdings auch zu seiner Sicherheit weit weg von Hamburg und in der Provinz.

Als leitender Ermittler war er allerdings noch immer kamerascheu, was verständlich war und da er den Ruf eines ziemlichen Kauzes hatte, waren Medienvertreter im Allgemeinen froh, seine deutlich attraktivere und kommunikativere Stellvertreterin interviewen zu können.

Heute wies die stets mürrische Miene von Ro einen fast fröhlichen Zug auf. Er klopfte Karsten Windisch auf die Schulter.

„Klasse, ganz große Klasse. Damit sind wir diesen verdammten Koksdealern schon etwas nähergekommen. Redet der Kerl?" Sein Blick streifte Mike.

Dieser schüttelte den Kopf. „Marianne hat bisher keinen Ton aus ihm herausbekommen, er schweigt sich aus. Denkst du, dass er…"

Roman Würtenberger stieß ein Schnauben aus.

„Dieses Jüngelchen? Wohl kaum. Aber er weiß, wer der Kopf ist, davon bin ich überzeugt. Wir haben schon länger einen Mann in Verdacht, der in Insiderkreisen der Araber genannt wird. Für uns ist er noch ein Phantom. Habt ihr ein Druckmittel damit wir was von ihm erfahren?"

Mike holte tief Luft und stieß sie langsam wieder aus.

„Ja, wir könnten ihn den Mord an seiner Freundin

anhängen, vielleicht redet er dann?"

Ro nickte. „Naja, das ist schon mal ein Anfang."
Dann musterte er Mike eindringlich. „Ich brauche den Kopf der Bande, derzeit wird das Vogtland geradezu von Koks überschwemmt."

„Ach", wandte Omar ein. „Ich dachte mit Crystal Meth?"

Ro drehte sich zu ihm um. „Ja, für Krethi und Plethi vielleicht, aber die etwas gehobene Partyschicht will Koks, und zwar mit guter Qualität. Du ahnst nicht, was auf manchen Housepartys hier dahingehend so abgeht. Und das Koks, was ihr bei diesem Neidel sichergestellt habt, ist beste Qualität."

Er klopfte auf den Tisch. „Sagt mir Bescheid, ja."
Damit riss er wieder die Tür mit Elan auf und war draußen.

Die Frau im mittleren Alter starrte Mike und Mari-
anne abwechselnd an, dann sah sie wieder auf deren
Dienstausweis. Schließlich rief sie über die Schulter:
„Harry, kommst du mal?"
Kurz darauf erschien ein wahrer Hüne von Mann im
Türrahmen. „Ja?", fragte er und sah auf seine deut-
lich kleinere Frau hinunter.
„Sie sagen, sie sind von der Kriminalpolizei Plauen."
Ihr Ton war absolut ungläubig.
Marianne spähte einstweilen an den beiden Personen
vorbei und sie sah ein kleines Mädchen durch den
Flur flitzen.
„Wir möchten zu Lars Schürer, das ist ihr Sohn, nicht
wahr?" Mikes Ton war jetzt etwas schärfer, als auch
der Mann fast regungslos auf seinen Ausweis starrte.
„Ähm, ja", sagte der Mann zögerlich, was gar nicht
zu seinem Äußeren passte.
Marianne, die merkte, dass Mikes Geduldsfaden
nahe am Reißen war, trat einen Schritt auf den Hü-
nen zu. „Sie können gern im Plauener Revier anrufen
und sich bestätigen lassen, das wir sind, wer wir be-
haupten zu sein."
Jetzt sah sie aus dem Augenwinkel wie Mike das Gesicht verzog. Schließlich war es der Mann, der die Initiative ergriff. „Nein, das geht schon in Ordnung.
Aber wissen sie, es gibt ja jetzt immer wieder Warnungen vor falschen Beamten und so."
Er trat zur Seite und deutete nach innen. „Unser Sohn

ist in der Stube."

Mike trat zügig in den Flur, während Marianne das Ehepaar ansah. „Es ist gut, wenn man etwas misstrauisch ist. Immerhin sind die Warnungen nicht grundlos."

Erleichtert atmete der Mann auf, während seine Frau noch immer skeptisch die beiden Beamten im Auge behielt. „Harry Schürer und das ist meine Frau Brigitta."

Der Hüne hatte inzwischen zeitgleich mit Mike das Wohnzimmer erreicht, wo ein junger Mann auf dem Boden hockte und an einer Eisenbahnanlage schraubte. Erstaunt sah er auf.

„Besuch?", fragte er, erhob sich und reichte den beiden Gästen die Hand. Das kleine Mädchen war zu ihrer Oma getreten und versteckte sich hinter deren Bein, das sie fest umklammert hielt. Marianne ging etwas in die Hocke und lächelte die Kleine an.

„Du bist die Nanni?", fragte sie und erhielt ein zögerliches Nicken.

Inzwischen hatte Mike seinen Ausweis Lars Schürer gezeigt, der ihn ebenso verständnislos anstarrte wie seine Eltern. „Herr Schürer, wir müssen ihnen leider mitteilen, dass Maxi Krüger gestern tot aufgefunden wurde."

Einen Augenblick hatte man das Gefühl, die Situation sei eingefroren. Niemand bewegte sich, nicht einmal das kleine Mädchen. Lars Schürer war der erste, der etwas sagte. „War es dieser Lukas? Hat er sie umgebracht?"

Mike und Marianne wechselten einen Blick.

„Wir haben nichts von einem Verbrechen gesagt", meinte Mike betont ruhig, aber der junge Mann, der sich in einen Sessel fallen ließ, schüttelte so heftig den Kopf, dass ihm das dichte blonde Haar wirr in die Stirn fiel.

„Sie sind von der Kripo. Die kommt nur bei einem Gewaltverbrechen. Maxi hat niemand etwas getan, niemand. Es war dieser Kerl."

Er atmete so heftig, dass sich das T-Shirt fest über seiner Brust spannte.

„Er ist und bleibt ein Gauner", schaltete sich jetzt Harry Schürer ein. „Keine Ahnung, was das Mädel an dem Kerl gefunden hat."

Er nickte seiner Frau zu, die Nanni auf den Arm genommen hatte. „Bring sie nach oben", sagte er leise und Brigitta Schürer verschwand im Flur.

Dann hörte man die Holztreppe knarren und das kleine Mädchen lachte über irgendetwas.

„Gott sei Dank ist Lars da, sich um die Kleine zu kümmern, es wäre ja entsetzlich für das Kind vielleicht in ein Kinderheim zu müssen. Ich meine, wenn es um Nanni geht, waren sie sich immer einig, unser Lars und die Maxi."

Harry Schürer hatte sich ebenfalls in einen Sessel gesetzt und bot erst jetzt mit einer Geste den beiden Beamten einen Platz an.

Mike sah Lars Schürer an, der den Kopf in den Händen vergraben hatte. „Sie haben gestern Morgen Nanni bei ihrer Ex- Lebensgefährtin abgeholt?"

Der Angesprochene hob den Kopf und man sah die Spuren von Tränen. Geräuschvoll zog der die Nase hoch.

„Sorry", murmelte er, aber Marianne, die sich unmittelbar neben ihn gesetzt hatte, legte ihm die Hand auf den Arm. „Sie müssen sich doch dafür nicht entschuldigen. War gestern etwas ungewöhnlich?"

Er schüttelte den Kopf und sah zwischen Marianne und Mike hin und her. „Ich war, wie vereinbart, Punkt acht Uhr da. Maxi war mit Nanni allein, dieser Lukas war wie immer irgendwo unterwegs."

Er machte eine verächtliche Geste. „Jedenfalls haben sie noch gefrühstückt und Maxi bot mir einen Kaffee an. Den habe ich getrunken, während sie Nanni angezogen hat. Ich habe dann den kleinen Koffer genommen und wir sind zu dritt zum Auto gegangen. Jutta Günther, die Nachbarin, war auch draußen und wir haben uns zugewunken und ich habe ihr noch gesagt, dass es so schneien soll. Ich habe dann Nanni in den Kindesitz geschnallt, habe mich von Maxi verabschiedet und sie hat noch Grüße an meine Eltern ausrichten lassen. Dann bin ich losgefahren und war eine knappe halbe Stunde später hier."

Harry Schürer nickte bestätigend. Marianne warf einen kurzen Blick zu Mike. Immerhin deckte sich diese Aussage mit der von Jutta Günther.

„War Frau Krüger aufgeregt oder anders als sonst? Fühlte sie sich bedroht?"

Lars Schürer schüttelte den Kopf. „Nein. Sie war wie immer. Bedroht? Wenn es so gewesen wäre, hat sie nichts gesagt."

Dann sah er Mike intensiv an. „War es dieser Neidel? Hat er sie umgebracht?"

Mike erwiderte den Blick. „Warum sind sie so überzeugt davon, Herr Schürer?"

Noch ehe dieser antworten konnte, war es Marianne, die sich wieder zu ihm hinüberbeugte. „Sie empfinden noch sehr viel für ihre ehemalige Lebensgefährtin, nicht wahr, Lars?"

Der atmete tief ein und stützte den Kopf in seine Hand. „Ja", sagte er leise und man sah, dass er wieder mit den Tränen kämpfte.

Mike räusperte sich vernehmlich. „Da ist doch dieser Neidel der perfekte …"

Noch ehe er fortfahren konnte, war Harry Schürer aufgesprungen und kam ihm bedrohlich nahe.

„Was, was, was?", sagte er, so laut, dass die kleinen Glocken an dem perfekt geschmückten Tannenbaum leise klirrten. „Verdächtigen sie etwa meinen Sohn, statt diesen Kriminellen endlich zu verhaften?"

Lars Schürer streckte die Hand in Richtung seines Vaters aus. „Papa, hör doch auf. Sie müssen auch ihren Job machen."

„Wann ist denn die Tat geschehen, Herr Hauptkommissar?"

Mike fuhr herum und Frau Schürer stand, ohne Nanni, wieder in der Wohnzimmertür. Als dieser nicht antwortete, sagte sie: „Lars kam mit Nanni am ersten Weihnachtsfeiertag kurz nach halb neun hier an. Um zwölf Uhr kamen meine Schwester, mein

Schwager und meine beiden Nichten mit dem Zug aus Görlitz am Oberen Bahnhof in Plauen an. Dort haben mein Mann und Lars sie abgeholt. Von da an bis heute Morgen um zehn Uhr waren wir alle hier in diesem Haus zusammen. Jetzt sind meine Schwester und ihre Familie zum Bummeln mal nach Plauen gefahren, mit der Vogtlandbahn, die wieder fährt. Auf Grund der Schneesituation kamen wir bis jetzt auch gar nicht mehr heraus, sie haben ja sicher selbst gesehen, was hier los ist. Weder mit dem Zug noch mit dem Auto."

Mike erhob sich und Marianne folgte seinem Beispiel. „Danke, Frau Schürer. Wir haben ihren Sohn nicht in Verdacht. Aber mich hätte trotzdem interessiert, warum er der Meinung ist, genau wie ihr Mann, dass Lukas Neidel ein Krimineller ist?"

Diese wechselte einen kurzen Blick mit den beiden Männern. „Dann fragen sie doch einmal die Mutter von Maxi."

Marianne zuckte bedauernd die Schultern. „Leider haben wir sie bisher nicht erreicht, sie ist in Dubai."

Brigitta Schürer schlug die Hand vor den Mund. „Dann weiß sie noch gar nicht…"

Marianne schüttelte den Kopf. „Darum wäre es uns wichtig zu wissen was vorgefallen ist."

Wieder ein kurzer Blickwechsel zwischen den Eheleuten. Schließlich wandte sich Harry Schürer an Mike. „Wegen eben, entschuldigen sie."

Dieser winkte ab. Erleichtert atmete der Mann auf. „Also dieser Neidel, er hat Maxis Mutter beklaut.

Schmuck und auch Bargeld. Sie ist keine arme Frau müssen sie wissen und hat immer Bargeld im Haus. Es gab einen ziemlichen Streit."

Mike sah Harry Schürer eindringlich an. „Hat sie keine Anzeige erstattet?"

Dieser schüttelte den Kopf. „Das haben wir ihr auch geraten, aber sie wollte es nicht, wegen Maxi."

Marianne sah jetzt Brigitta Schürer an.

„Und Maxi?", fragte sie, aber es war Lars, der antwortete. „Erst hat sie es nicht geglaubt, aber dann hat sie ein Schmuckstück ihrer Mutter bei ihm gefunden. Daraufhin gab es wohl einen tüchtigen Krach."

Die beiden Beamten bedankten sich und verließen das hübsche Einfamilienhaus.

Während sie sich, mehr schlecht als recht, durch den aufgetürmten Schnee zum Auto hangelten, sah Mike hinauf zur Burgruine. Marianne folgte seinem Blick. Dort oben, in einem der kleinen Häuser, hatte ein Mann Pfarrer Bromsig und schließlich auch Kate gefangen gehalten, Gott sei Dank mit einem guten Ausgang.

„Weißt du was?", sagte Marianne, als sie eingestiegen waren. „Irgendwie kommt mir die Sache seltsam vor. Dieser Neidel hat einen Haufen Drogen und Bargeld gebunkert und beklaut die Mutter seiner Freundin?"

Mike zuckte die Schultern und startete den Wagen.

„Vielleicht ist er ein chronischer Kleptomane, was weiß ich."

Kopfschüttelnd sah Marianne Jäger aus dem Autofenster, während Mike das Auto langsam auf die

Hauptstraße fuhr. Hier stimmte etwas nicht, hier stimmte etwas ganz und gar nicht, das sagte ihr ihr Gefühl, aber sie hütete sich, es Mike gegenüber zu erwähnen. Darauf war er zurzeit mit Sicherheit nicht gut zu sprechen.

„Herr Neidel, ihr Motiv ist doch sonnenklar. Ihre Lebensgefährtin ist hinter ihre Geschäfte gekommen. Es kam zum Streit, sie ist aus dem Haus gelaufen. Sie wollten sie beruhigen, ihr gut zureden. Aber sie hat nicht mit sich reden lassen, hat gedroht, sie anzuzeigen. Da haben sie die Nerven verloren und zugeschlagen. Zack."

Mike sah den jungen Mann an, der vor ihm am Tisch saß und bei seinen Worten immer wieder den Kopf schüttelte. „Ich habe Maxi nichts getan", sagte er und schlug mit der Faust auf den Tisch.

Der uniformierte Polizist, der an der Tür stand, wechselte einen Blick mit Mike, aber dieser winkte ab.

„Reißen sie sich zusammen", fuhr er Lukas Neidel an.

„Sie wollten Maxi doch nichts tun, Lukas. Es war eine Überreaktion. Sie hat ihnen nicht zugehört, sie sogar angeschrien. Da haben sie zugeschlagen. Nur einmal und plötzlich war sie tot, nicht wahr?", wandte jetzt Marianne ein.

Neidel funkelte sie an. „Was wird das jetzt, guter Bulle, böser Bulle, oder was? Ich war in der Nacht nicht zu Hause, fragen sie doch die Günther. Die Alte hängt doch die halbe Nacht am Fenster. Die hätte mich bemerkt, glauben sie mir."

Mike legte beide Hände auf den Tisch. „Gut, dann sagen sie uns, wo sie waren, wir überprüfen das und damit sind sie erst mal bei dieser Sache vom Haken."

Stumm schüttelte Neidel den Kopf.

Mike lachte auf. „Oh, auf geheimer Mission? Das

wird unseren wertgeschätzten Staatsanwalt wohl kaum interessieren. Damit sind sie dran Neidel, aber so etwas von."

Er schlug mit der Hand so plötzlich auf den Tisch, dass Neidel zusammenzuckte.

„Abführen", sagte er zu dem uniformierten Polizist und verließ gemeinsam mit Marianne den Raum.

„Glaubst du wirklich, dass er es war?", fragte sie Mike auf dem Weg in dessen Büro.

Dieser nickte. „Wenn es jemand aus der Drogenszene gewesen wäre, vielleicht Konkurrenten oder der Kopf, der hinter der ganzen Sache steckt und glaubt, Neidel würde ihn bescheißen, glaube mir, die hätten ein anderes Exempel statuiert. Karsten hat doch gesagt, dass er ziemlich sicher ist, das Maxi Krüger nach ihrem Tod abgedeckt wurde. Es war eine Beziehungstat und das beste Motiv hat Neidel. Sie wollte sich von ihm trennen, schon wegen der Sache mit den gestohlenen Schmuckstücken ihrer Mutter."

Als sie an Mikes Büro angekommen waren, eilte gerade der Staatsanwalt, Doktor Gebhardt, die Stufen herauf.

„Ah, gut, dass ich sie treffe, Herr Hauptkommissar. Hauptkommissar Würtenberger hat mich schon unterrichtet. Klasse, ganz große Klasse. Dieser Neidel ist also auch der mutmaßliche Täter?"

Mike nickte. „Ja. Er hat zumindest kein Alibi. Allerdings ist die Spurenlage, wohl auch wegen des Schnees, eine eher ungünstige."

Gebhardt winkte ab. „Ich denke, dass bekommen wir

auch so in trockene Tücher."

Er lächelte breit von Mike zu Marianne. „Also ihre Aufklärungsquote geht ja wirklich durch die Decke und das in dieser kurzen Zeit. Respekt, Respekt."

Er nickte anerkennend und wandte sich in Richtung Treppe. Dann sah er noch einmal Mike an. „Den Haftbefehl bekommen sie natürlich umgehend, Herr Köhler."

Damit schritt er beschwingt die Treppe hinunter, während Mike und Marianne sich anschauten und Letztere die Schultern zuckte.

Als Mike nach Hause kam, war die Einfahrt wieder pikobello gefegt. Kate traf er in der Bibliothek an, der Kamin brannte und sie hatte sich in eine Decke gekuschelt und las ein Buch. Erstaunt sah sie auf die Uhr. „Du bist schon da?", fragte sie und stand auf, um ihm einen Kuss zu geben.

Mike zuckte leicht die Schultern. „Es sieht so aus, als sei unser Fall abgeschlossen. Also, zumindest was den Staatsanwalt und auch mich angeht. Marianne hat da so ihre Zweifel."

Kate folgte Mike in die Küche, wo er sich einen Kaffee aus dem Automat ließ. Sie lehnte sich gegen die Küchenzeile und beobachtete ihn. „Und dass Marianne die bessere Intuition haben könnte, darauf kommst du wohl nicht?"

Mike setzte sich an den Küchentisch und winkte mit der Hand ab. „Ach was, einmal müssen wir auch Glück haben und einen Fall schnell abschließen können. Dieser Neidel ist der Täter, er hat ein Motiv und kein Alibi. Sogar das Umfeld von Maxi Krüger ist dieser Meinung."

Kate nahm sich ebenfalls einen Kaffee und setzte sich Mike gegenüber. „Dann erzähl mal", sagte sie und sah ihn aufmunternd an. Nachdem er geendet hatte, spielte Kate mit dem Henkel der inzwischen leeren Tasse und schob sie schließlich in die Mitte des Tisches.

„Wenn sich diese angebliche Kurierfahrt als Alibi herausstellen würde, hättet ihr ein Problem."

Mike verzog das Gesicht. „Du glaubst diesem

Neidel?"

Kate lachte auf. „Ich kenne ihn doch gar nicht. Ich versuche einfach die Fakten zu ordnen. Lass mich doch mal wieder dein Advocatus Diaboli sein. Wenn es nicht Neidel gewesen wäre, wer käme dann noch in Frage?"

Mike holte tief Luft. „Maxi Krügers ehemaliger Lebensgefährt und Vater ihrer Tochter hat ein Alibi."

Kate hob die rechte Hand und schwenkte sie sanft hin und her. „Weil ihm die gesamte Familie ein Alibi gibt? Auch ein klein wenig wacklig, findest du nicht?"

Als Mike nichts sagte, lehnte sich Kate etwas nach vorn. „Mike, dieser Neidel hat eine Menge Koks und Geld im Keller seiner Freundin gebunkert. Er hätte sich doch denken können das die Polizei es findet. Also bringt er seine Freundin um, lässt sie liegen, haut ab und kommt erst zurück, als die gesamte Polizei das Haus durchwühlt? So dumm kann doch wirklich keiner sein."

Mike seufzte auf. „Wenn du das so sagst, klingt es irgendwie plausibel", murmelte er.

Diese erhob sich. „Sorge dafür, dass ich mit ihm reden kann."

Mike schüttelte den Kopf. „Das wird Gebhardt verhindern, schließlich…"

Kate zuckte die Schultern und stellte ihre Tasse in den Geschirrspüler. „Ich spreche selbst mit ihm. Und dann rede ich mit dieser Jutta Günther."

Sie strich Mascha, die um ihre Beine streifte, kurz

über den Rücken und deutete dann durch das Fenster. „Jasmin und Omar haben uns für heute Abend eingeladen. Also dann."

Mike blies leicht die Wangen auf. „Muss das sein?"

Kate sah ihn eindringlich an. „Weil du und Omar etwas im Klinsch liegen wegen Jutta Günther müssen wir das nicht in unser Privatleben hineinziehen. Also, gib dir einen Ruck."

„Frau Schulz, ich weiß wirklich nicht, warum ich das tue, aber ich tue es", sagte der Staatsanwalt sichtlich gereizt und übergab ihr das Schreiben für eine Besuchserlaubnis. Kate nahm es entgegen und ließ es schnell in der Tasche verschwinden.

„Vielleicht, weil sie meine fachliche Expertise interessiert?", bot sie ihm mit einem charmanten Lächeln an, welches er nicht erwiderte.

Da keine Antwort zu erwarten war, verabschiedete sich Kate höflich und schloss die Tür hinter sich.

„Vielleicht, weil ich mich nicht wieder vor versammelter Mannschaft von ihnen blamieren lassen will", murmelte Doktor Gebhardt und sah zu der geschlossenen Tür, durch die Kate Schulz gerade gegangen war.

Er war erst strikt dagegen gewesen, ihr eine Unterhaltung mit einem Untersuchungshäftling zu gestatten, externe Beraterin hin oder her. Aber ihre sachlich vorgebrachten Argumente entbehrten nicht einer gewissen Logik und so hatte er nachgegeben.

Schweren Herzens, wie er sich selbst zugestehen musste, denn immerhin war Lukas Neidel der perfekte Täter und nichts wünschte er sich mehr als einen einfach gelegenen Fall, der schnell aufgeklärt werden konnte. Nun befürchtete er, dass es auch dieses Mal nicht so kommen würde. Trotzdem, wenn es berechtigte Zweifel an der Täterschaft Neidels geben sollte, musste diesen nachgegangen werden.

„Oh, eine neue Bulette?"

Wenn Kate ihr Ranking der unbeliebtesten Typen, mit denen sie bisher zu tun hatte, sich vor Augen hielt, begann Lukas Neidel sich bereits nach seinem ersten Auftritt ziemlich schnell nach oben zu arbeiten. Betont lässig auf seinem Stuhl sitzend, musterte er Kate provokant grinsend von oben bis unten.

Sie knallte ihm ihre Visitenkarte direkt auf den Tisch und schaute ihn unbeeindruckt mit ihrem FBI-Blick, wie Mike ihn nannte, schweigend an.

Neidel nahm die Karte, sah sie an und dann ging sein Blick zurück zu Kate, wobei dieser bereits etwas unsicherer schien.

„Private Ermittlungen?", fragte er.

„Steht ja da", antwortete sie knapp.

Neidel beugte sich nach vorn. „Moment. Warum darf eine private Ermittlerin mich während der Untersuchungshaft besuchen?"

Kate lächelte schmallippig. „Kluges Kerlchen", sagte sie und zog langsam die Augenbrauen nach oben.

„Weil es der Staatsanwalt so will?"

Damit lehnte sie sich entspannt auf dem unbequemen Stuhl zurück. Jetzt schien Neidel völlig verwirrt und seine so coole Fassade begann zu bröckeln.

Kate lehnte sich wieder nach vorn, nahm ihm die Visitenkarte aus der Hand und steckte sie wieder in ihre Tasche.

„So, Lukas und jetzt lassen sie uns Tacheles reden. Ich bin hier, um ihnen den Hintern zu retten, und zwar im wahrsten Sinne des Wortes. Wegen der

73

Drogengeschichte in den Knast zu gehen ist eine Sache, wegen Mordes eine andere."

Neidel hob beide Hände. „He, he, he. Ich habe Maxi nicht umgebracht, das hängen die mir nicht an."

Kate winkte ab. „Das tun sie bereits. Sie haben kein Alibi und sie haben nicht nur eins sondern gleich zwei Motive. Maxi ist nicht nur hinter ihre Drogengeschäfte gekommen, sie wollte sich auch von ihnen trennen, weil sie ihre Mutter beklaut haben."

Trotzig lehnte sich Lukas Neidel mit verschränkten Armen zurück. „Ich rede nur noch mit meinem Anwalt", knurrte er, was Kate mit einem so schallenden Lachen quittierte, das der uniformierte Beamte, der an der Tür Posten bezogen hatte, sie irritiert ansah.

„Aus welchem amerikanischen Krimi haben sie denn den Spruch?", fragte sie, noch immer vor Lachen glucksend. Dann wurde sie ernst und erhob sich.

„Gut. Dann ist es so. Ich wollte ihnen helfen, aber wenn sie es nicht möchten. Bitte."

Sie nickte dem Beamten zu, der sich bereits nähern wollte, als Neidel sich aufrichtete. „Frau Schulz."

Kate blieb stehen und sah ihn an. „Ja?"

„Wirklich. Ich hab Maxi nicht umgebracht."

Kate gab dem Uniformierten ein Zeichen und setzte sich wieder. „Wo waren sie in dieser Nacht?"

Sie sah, wie der junge Mann mit sich kämpfte und auf einmal wirkte er weder cool noch provokativ, sondern geradezu verängstigt.

„Wenn ich das sage, bin ich ein toter Mann", flüsterte er und Kate zog die Augenbrauen nach oben.

„Geht's auch eine Nummer kleiner?", fragte sie und schüttelte leicht den Kopf. Er verzog keine Miene.

„Das ist kein Scherz, Frau Schulz", sagte er leise. „Diese Leute verstehen keinen Spaß."

Kate erhob sich und beugte sich langsam zu ihm hinunter. „Ich auch nicht, Lukas, ich auch nicht", sagte sie ebenso leise und gab dem Beamten ein Zeichen, dass das Gespräch zu Ende sei.

„Ich weiß wirklich nicht, was ich davon halten soll, Kate." Bogdan Serwowitsch sah sie mit stark gerunzelter Stirn an. „Du weißt, dass ich in meinen Häusern keine Drogen dulde. Auch wenn es, zugegeben, ab und zu Kunden gibt, die Kokain konsumieren."
Kate seufzte innerlich auf und legte ihre Hand auf Bogdans Unterarm. „Das weiß ich doch. Und ich könnte mich mit der Bitte wirklich an niemand anderen wenden. Versteh mich bitte nicht falsch, aber wenn einer so eine Verbindung herstellen kann, dann du."
Serwowitsch sah auf ihre Hand auf seinem Arm und dann in ihre Augen. „Ist das wirklich deine Meinung von mir?"
Jetzt seufzte Kate hörbar und zog langsam ihre Hand zurück. „Du weißt, dass ich dich, trotzdem was du tust und wozu ich meine eigene Meinung habe, sehr schätze und dich als meinen Freund bezeichne."
Ein Lächeln erschien auf Serwowitschs Gesicht. „Oha, jetzt setzt du sogar eine emotionale Waffe ein. Die Sache scheint dir wirklich wichtig zu sein."
Kate lächelte ebenfalls und zuckte die Schultern. „Naja, wenn`s hilft." Dann wurde sie ernst. „Du weißt, dass ich das so meine wie ich es gesagt habe. Aber mir ist die Sache wirklich ernst. Mike…"
Bogdan Serwowitsch hob die Hand. „Ja, eben. Mike. Er würde mich vierteilen, wenn er wüsste, was ich da hinter seinem Rücken mit dir plane."

Kate ließ sich in dem bequemen Sessel zurückfallen. Meist kam sie mit dienstlichen Dingen in Serwowitschs Büro, aber heute war es ihr geraten erschienen, zu ihm nach Hause zu gehen.

„Bitte, Bogdan. Ja, Mike hätte mit Sicherheit Bedenken, aber auch wenn dieser Neidel ein Dealer ist, wenn auch nicht der dicke Fisch, den die Drogenfahndung vermutet, ist er auch ein Mörder? Der Staatsanwalt ist mit dieser Anklage fein raus, schnelle und gute Aufklärung eines Gewaltverbrechens, das macht sich gut in der Kriminalstatistik. Aber wenn ich einen Hinweis finde, dass der Junge wirklich zu dieser Zeit auf Kurierfahrt war, dann läuft da draußen noch ein Mörder herum."

Bogdan Serwowitsch erhob sich und lief in dem großzügig geschnittenen Raum, den er als Wohnraum nutzte auf und ab. Schließlich blieb er an einem der bodentiefen Fenster stehen und sah hinaus in den asiatisch gestalteten Garten, der jetzt allerdings völlig verschneit war. Dann wandte er sich zu Kate um.

„Gut. Ich sehe, was ich machen kann."

Als sie antworten wollte hob der den Zeigefinger.

„Aber, ich werde nicht zulassen, dass du dich in Gefahr begibst. Das ist nicht verhandelbar."

Kate erhob sich, trat neben ihn und drückte ihm einen Kuss auf die Wange. „Danke, Bogdan. Bis Morgen"

Als er sie erstaunt ansah, lachte sie. „Silvester bei Omar und Jasmin. Und wage es nicht, nicht zu erscheinen." Damit nahm sie ihren Mantel und ging.

„Frau Schulz?" Jutta Günther hatte die Haustür ge-
öffnet und spähte zu der eingemummelten Gestalt,
die sich über den Gartenweg zum Haus hinauf
kämpfte. „Es tut mir leid, aber soviel ich auch räume,
dieser Wind weht alles innerhalb von Minuten wieder zu."
Sie wartete, bis Kate den Schnee von ihrem Mantel
und den Stiefeln abgeklopft hatte und trat dann zur
Seite. „Geben sie den Mantel her."
Diesen hängte sie an einen Ständer und führte Kate
in den gemütlichen Wohnraum, wo gerade ein Holz-
scheit in dem alten Ofen laut knackend zerbarst und
sie von einem Duft nach Weihrauch, Sandelholz und
ihr unbekannten Kräutern eingehüllt wurde.
„Ich hoffe, das ist für sie in Ordnung", sagte Jutta
Günther, die hinter ihr den Raum betreten hatte. „Ihr
Mann hat ja etwas allergisch darauf reagiert."
Kate wandte sich langsam um und sah die Frau an.
„Mein Mann?"
„Hauptkommissar Köhler. Ja."
Als sie Kates erstaunten Blick sah, deutete sie auf eine
kleine Untertasse, auf der Kaffeesatz verstreut lag.
„Ich weiß auch, dass sie in Amerika gelebt haben,
beim FBI waren, aber wieder in ihre Heimatstadt zu-
rückgekehrt sind."
Kate schwieg und sie zuckte schließlich lässig die
Schultern. „Habe ich alles aus dem Kaffeesatz."
Kate begann, herzhaft zu lachen, in das Jutta Günther
einstimmte. „Na, alle Klischees bedient?", fragte
diese, nachdem sie beide sich beruhigt hatten.

Kate nickte. Dann nahm sie in einem der Sessel Platz und Jutta Günther deutete auf eine bauchige Teekanne. „Möchten sie?"

Kate ließ sich einschenken.

Es war wirklich eine ganz einzigartige Atmosphäre in diesem Haus, das so weit ab von der hektischen Stadt stand und jetzt fast eingeschneit war. Sie blickte sich um, sah die unzähligen Bücher und Notizblöcke, alles war sehr sauber, strahlte aber ein gewisses kreatives Chaos aus.

Gemütlichkeit, das war das Erste, was ihr durch den Kopf geschossen war, und jetzt war es dieses Besondere des Ortes.

Kate verstand auch, warum Mike sich hier nicht wohl gefühlt hatte. Ihm war es sicher einfach zu spiritistisch gewesen, mit all den Düften, den Symbolen und einer Frau, die irgendwie ihre eigenen Gesetze zu schreiben schien.

Jetzt erst bemerkte Kate, dass Jutta Günther sie beobachtete. „Frau Schulz…"

„Kate", sagte diese und nickte ihr lächelnd zu. Ihr Gegenüber prostete ihr scherzhaft mit dem Teetopf zu. „Jutta. Ich bin auch dafür, diese gesellschaftlich genormten Anreden fallen zu lassen."

„Aber du hast immerhin einen Doktortitel?"

Jutta Günther winkte ab. „Ja, und darauf war ich einmal sehr stolz, aber das ist ein halbes Leben her. Heute weiß ich, dass es bedeutend Wichtigeres gibt als Titel und damit einhergehende gesellschaftliche Stellungen." Sie deutete in den Raum. „Hier habe ich mir mein Refugium geschaffen, in dem ich mich wohl und sicher fühle, geborgen, ausgefüllt."

Sie nahm einen Schluck Tee.

„Warum bist du überzeugt, dass die Wilde Jagd an Maxi Krügers Tod schuld ist?"

Jutta Günther sah Kate über den Rand ihres Teepottes an. „Du bist sehr direkt, das gefällt mir. Gestatte mir eine Gegenfrage. Bist du ein spiritueller Mensch?"

Kate holte tief Luft. Nun ja, wenn sie Informationen von Jutta Günther wollte, musste sie wohl oder übel auch etwas von sich preisgeben. Diese Frau ließ sich mit Sicherheit nicht mit ein paar Floskeln abtun.

„Ich bin ein gläubiger Mensch, so würde ich es formulieren."

„Römisch-Katholisch?" Wieder war Kate erstaunt. Woher sollte Jutta Günther das wissen?

Diese lächelte fein. „Kate, natürlich habe ich mich nach unserem Telefonat ein bisschen…nun sagen wir, umgehört." Dann machte sie eine Geste, als sei das nebensächlich. „Nun ja. Die Gesetze der Natur existierten, lange bevor es das Christentum gab. Ich muss dir nicht sagen, dass viele alte, sogenannte heidnische Feste kurzum in christliche Feste umgemünzt wurden. Ich habe mich sehr lange und sehr intensiv mit alten Mythen und Legenden beschäftigt und der Tatsache, dass diesen in fast allen Fällen eine Wahrheit zugrunde liegt."

Wieder gestikulierte sie kurz mit der Hand und Kate fiel auf, wie schmal und anmutig diese war.

Wie alt mochte Jutta Günther sein?

„64", sagte diese so plötzlich, dass Kate zusammenzuckte. Sie stieß unwillkürlich die Luft aus.

„Kannst du Gedanken lesen?", fragte sie und Jutta
Günther lachte.

„Wäre ich eine Hochstaplerin, würde ich jetzt sagen,
natürlich. Aber die wahre Kunst, die Aura eines Menschen einzufangen liegt doch darin, diese genau zu
beobachten. Das tust du in deinem Job auch, wenn
auch auf einer anderen Ebene. Ich habe gesehen, wie
du erst auf meine Hände und dann auf mein Gesicht
gesehen hast, dann hast du meine Haare betrachtet
und die Stirn leicht gerunzelt. Man sagt immer, an
den Händen erkennt man das Alter einer Frau, aber
du warst dir da nicht so sicher, also stand dir die
Frage fast in Leuchtschrift auf der Stirn."

Jetzt musste auch Kate lachen. „So gesehen, ist es
wirklich simpel."

Jutta Günther erhob sich, um in einem der Tonstöv-
chen etwas an Kräutern nachzulegen.

Kate hob die Nase und schnupperte etwas. „Was ist
das?", fragte sie, als Jutta Günther die Schale zweimal
geschwenkt hatte und sich schließlich wieder zu ihr
setzte.

„Unter anderem Beifuß. Die Räucherung gilt als
Schutzzauber gegen Böses und Gefahr. Beifuß als
Räucherwerk kann helfen das Alte hinter sich zu las-
sen, nach innen zu schauen und Hinweise aus den
Unbewussten zu erhalten. Er wurde schon von den
Germanen und Kelten bei Ritualen verräuchert. Denn

er öffnet die Seele für hohe, göttliche Schwingungen und wirkt reinigend und schützend."

Kate empfand den Geruch als durchaus angenehm, wenn sie auch nicht so recht an die Bedeutung glaubte. Nun ja, auch in der katholischen Kirche wurde Weihrauch verwendet und das Räuchern hatte in fast allen Kulturen und Religionen einen festen Platz.

„Bei Maxi habe ich, nachdem ich sie ins Haus gebracht hatte und feststellen musste, dass sie bereits tot war, mit Wacholder geräuchert. Er hat auch einen starken Bezug zur Totenwelt und den Ahnen. Deinem Mann erschien das, nun ja, ich glaube, mehr als seltsam. Omar, also Professor Amri, ist diesen Dingen gegenüber offener und toleranter. Vielleicht liegt das einfach an seinem kulturellen Background."

Kate war der Meinung, genug über das Räuchern und die Wirkung diverser Kräuter gehört zu haben, aber es wäre unhöflich gewesen, Jutta Günther einfach zu unterbrechen.

Aber diese verblüffte sie wieder, denn sie sah Kate direkt an. „Du möchtest etwas über die Wilde Jagt wissen, nicht wahr?"

Diese nickte. Zweifelsohne hatte ihr Jutta Günther wieder angesehen, was sie dachte, und Kate neigte dazu, darin nichts Magisches zu sehen, was viele Leute zweifellos taten, sondern es einfach wieder als Beweis, dass Jutta Günther eine sehr gute und geschulte Beobachterin war.

„Nun ja, vielleicht ist es etwas schwierig zu erklären,

vor allem, wenn man dazu keinen Bezug hat."
Kate nahm ihren Teepott wieder auf und sah ihre
Gastgeberin auffordernd an. „Versuch es einfach."
Diese nickte und erhob sich. Langsam schlenderte sie
zum Fenster und Kate war fast versucht zu glauben,
sie tat das um einen besonders spannenden, mystischen Effekt zu erzeugen.
„Die Seelen der Toten jagen als Geisterheer über den
Himmel, besonders in den zwölf Rauhnächten, also
gerade jetzt, in der Zeit zwischen Weihnachten und
dem Dreikönigstag, wenn das Geisterreich offensteht.
Es ist die wilde Jagd, die auf Odin beziehungsweise
Wotan zurück geht. Dieser Zug, der aus Menschen
besteht, die vor der Zeit gestorben sind, ist aber nicht
grundböse oder von Menschenhass getrieben. Das
wird manchmal völlig falsch gedeutet. Trotzdem
sollte man sich in Acht vor ihnen nehmen, sonst dro-
hen Krankheiten, Katastrophen, Unheil und Tod. Das
ist der Grund, warum man, während der Rauhnächte, keine Wäsche nach draußen hängen sollte
oder auch nicht mit den Türen schlagen. Es ist, als lo-
cke man damit die Wilde Jagd und das Unheil an,
man zollt ihnen keinen Respekt. Man sollte also einfach nicht arbeiten in den Rauhnächten und -tagen,
sondern diese zur innerlichen Einkehr nutzen"
Jutta Günther, die noch am Fenster stand, seufzte.
„Ich hatte Maxi gewarnt, aber sie hat mich ausge-
lacht. Alles dummer Aberglaube. Das hat sie zwar
nicht gesagt, aber gedacht. Als ich dann, zur Wolfsstunde, durch das Rauschen aufwachte, da wusste

ich es. Es kann nur die Wilde Jagd gewesen sein. Und dann schlug eine Tür, sie mussten durch das Haus hindurch gejagt sein."

Kate hatte sich aufrecht hingesetzt und starrte zu Jutta Günther hinüber. „Und trotzdem bist du raus gegangen?"

Diese wandte sich langsam zu Kate um. „Ja, denn ich habe sie nicht verärgert."

„Die Wilde Jagd?", fragte Kate nach und die Ungläubigkeit über das bisher Gehörte war nicht zu überhören.

Jutta kam zum Tisch zurück und stemmte sich mit den Armen an der stabilen Eichenplatte ab. „Du hältst mich für komplett verrückt, nicht wahr?"

Kate schluckte kurz, dann musterte sie ihre Gastgeberin. „Ich würde eher sagen, für sehr mutig, Wilde Jagd hin oder her. Du bist um drei Uhr in diesem Schnee mutterseelenallein raus in die Nacht."

Jutta zuckte die Schultern. „Ich war bewaffnet. Deinem Mann habe ich die Keule übergeben."

Dabei zuckten ihre Mundwinkel. Dann wurde sie ernst. „Die vordere Tür bei Maxi stand sperrangelweit auf. Man soll in der Zeit, in der im Allgemeinen das Wilde Heer zieht, auch die Türen und Fenster geschlossen halten, sonst dringt die Schar ins Haus ein. Besondere Vorsichtsmaßregeln sind notwendig bei Häusern, in denen zwei Türen vorn und hinten sich geradewegs gegenüberliegen."

Sie deutete über ihre Schulter. „So sind diese beiden Häuser gebaut. Die Haustür ist vorn und gegenüberliegend ist die Tür zu den ehemaligen Stallungen. Also, da die vordere Tür offenstand und ich aber eine Türe habe schlagen hören, kann es nur die hintere Tür gewesen sein, die zufiel."

Kate deutete auf den Stuhl sich gegenüber und Jutta Günther ließ sich darauf fallen. Plötzlich wirkte diese erschöpft und kraftlos.

„Du glaubst mir nicht", murmelte sie leise und dieses Mal ohne Kate dabei anzusehen.

„Doch", sagte Kate laut. „Ich glaube dir. Ich meine, die Fakten stimmen, davon bin ich überzeugt."

Jetzt hatte sie wieder die Aufmerksamkeit ihrer Gastgeberin. Sie beugte sich leicht über den Tisch und legte ihre Hand darauf.

„Jutta, du bist Wissenschaftlerin", sagte sie geradezu beschwörend. „Maxi Krüger wurde nicht um 3.00 Uhr getötet, sondern bereits eher. Frage Omar. Wer immer sie getötet hat, er oder sie ist zurückgekommen, um dich zu täuschen. Das Rauschen, es hätte…"

Kate machte eine fahrige Bewegung. „Es hätte vom Band kommen können und ebenso das Schlagen einer Tür."

Als Jutta Günther nicht antwortete, fragte Kate leise.

„Wenn es nicht ihr Lebensgefährte und auch nicht die Wilde Jagd war, die sie umgebracht haben, wer könnte noch ein Motiv haben?"

Jutta Günther runzelte die Stirn und schüttelte dann langsam den Kopf. „Ich weiß es nicht, Kate. Ich weiß es wirklich nicht."

„Aber holla die Waldfee", murmelte Mike anerkennend, als sie das Haus von Omar und Jasmin betraten. Alles war festlich geschmückt, bis ins kleinste
Detail. Aber am beeindruckendsten war wohl die
Gastgeberin in einem langen, grünen, hochgeschlos-
senen Kleid, das einen Schlitz auf der rechten Seite
bis zum Oberschenkel hatte. Es spiegelte genau Jasmins Augenfarbe wider und kontrastierte auf das
Beste mit ihrem roten Haar. Mit offenen Armen lief
sie auf Kate und Mike zu, die sich, obwohl sie nur
über die Straße mussten, in Mäntel gehüllt hatten,
denn die Außentemperatur lag bei minus 10 Grad.
Hinter ihnen schälten sich gerade Ernst Winter und
Margarete König aus ihren dicken Wintermänteln.
Beide hatten Kate und Mike gleich mit herüberge-
bracht.
Kate lächelte Jasmin anerkennend zu. „Neben dir
wirkt heute ja jede wie die berühmte graue Maus."
Lachend stupste die Gastgeberin sie an. „Sagst ausgerechnet du."
Kate trug ein schlichtes, schwarzes Cocktailkleid, das
eine Handbreit über dem Knie endete und ihre
durchtrainierte Figur ausgesprochen gut zur Geltung
brachte. Als einziger Schmuck lag eine Perlenkette
auf dem züchtigen Ausschnitt, ein Geschenk ihrer
Tante Sarah.
Die Perlen hatten ihrer Großmutter gehört und Tante
Sarah, die selbst nur Söhne hatte, war der Meinung,

dass sie ihrer Nichte gehören sollte. Kate, die die abenteuerliche Odyssee dieser Kette kannte, trug sie nur zu besonderen Gelegenheiten und mit Stolz.

Inzwischen hatte Jasmin sie in das große Wohnzimmer geleitet, wo Omar, sehr schick im Anzug, mit Bogdan Serwowitsch ein scheinbar amüsantes Gespräch führte.

Steven Neubauer und Annalena „Abby" Heimat saßen in einer Ecke und steckten die Köpfe zusammen, während Chris Töpfer, Matthew „Matt" Fisher und Frieder Lein die Silvesterraketen inspizierten, die um Mitternacht in den Himmel steigen sollten.

Marianne Jäger, die Bereitschaft hatte, war allein gekommen, ihre Männer, wie sie ihren Ehemann und die beiden erwachsenen Söhne bezeichnete, hatten die Zeit über den Jahreswechsel genutzt und waren zu einer Treckingtour in die Berge aufgebrochen.

„Ich bin zu alt, als irgendwo in der Pampa in eisiger Kälte in einem Zelt zu bibbern", hatte Marianne gesagt und weiterhin eingestanden, dass sie die „männerlose" Zeit durchaus einmal wohltuend empfand.

Sie unterhielt sich mit Maria, Kates Mitarbeiterin, einer sehr intelligenten, aber etwas schüchternen jungen Frau, die sich gern der mütterlichen Marianne anschloss.

In diesem Moment kam Omars Mutter die Treppe herunter und begrüßte die Anwesenden sehr herzlich.

„Emma und Franz schlafen jetzt", sagte sie und strich Jasmin liebevoll über den Arm.

Zwischen Jasmin und ihren Schwiegereltern herrschte, trotz unterschiedlicher kultureller Hintergründe, eine tiefe Verbundenheit, anders als zu ihren eigenen Eltern, die ihrer Tochter die Ehe mit einem „Kameltreiber", wie sie Professor Doktor Omar Amri bezeichneten, nie verziehen hatten und fast keinen Kontakt zu ihr mehr pflegten.

„Das Essen ist fertig", rief jetzt Omars Vater und kam, ein Wischtuch schwenkend, aus der Küche.

Kate musste unwillkürlich grinsen, wusste sie doch, dass entgegen dem Willen von Omars Eltern, das Essen komplett von einem Cateringservice angeliefert worden war, um genau das zu vermeiden, nämlich dass seine Eltern den ganzen Abend in der Küche standen.

Lediglich der berühmte Kichererbsensalat mit Feta und Granatapfelkernen der Familie Amri war zugelassen, und Omars Mutter hatte eine riesige Schüssel ins Haus geschleppt, die mit Sicherheit sehr schnell verputzt sein würde.

Alle begaben sich ins Esszimmer, während die Platten von Omars Vater auf dem Tisch verteilt wurden, der sich jede Hilfe verbeten hatte.

„Überhaupt eine Schande, alles zu bestellen. Das hat nichts mit Gastfreundschaft zu tun", rügte er, bestimmt das zehnte Mal an diesem Abend seinen Sohn, der schon gar nicht mehr darauf reagierte.

Das Essen verlief heiter, bis Mariannes Bereitschaftshandy klingelte. Sie entschuldigte sich achselzuckend und ging vor die Tür, um das Gespräch entgegenzunehmen.

Als sie in den Raum zurückkehrte, sahen alle zu ihr hin, während sie nur Mike ansah.

„Es gibt einen Toten. Und du wirst nicht glauben, wo."

„Ihr hättet wirklich nicht mitkommen müssen", sagte
Marianne Jäger bestimmt zum dritten Mal, als Omars
SUV in Richtung Reisig fuhr.

„Ach was", sagte dieser. „Wenn wir Glück haben,
sind wir kurz vor Mitternacht wieder zu Hause, um
anzustoßen."

Kate und Mike, die auf der Rückbank saßen, hatten
sich, ebenso wie Omar und Marianne schnell umge-
zogen und der Pathologe hatte seinen Kollegen, der
Bereitschaft hatte, angerufen, er sei selbst vor Ort und
dieser könne zu Hause bleiben, was der dankbar an-
genommen hatte.

„Ich bin überzeugt, dass das kein Zufall ist und im
Zusammenhang mit Maxi Krügers Tod steht", sagte
Mike von hinten. „Also ist es doch klar, dass wir uns
besser gleich selbst ein Bild davon machen."

Da es an diesem Tag einmal nicht geschneit hatte,
sondern nur kalt war, waren die Straßen geräumt
und sie kamen, auch dank Omars Allrad, gut voran
und hielten schon bald in der Nähe von Jutta Günthers Haus.

Das gesamte Umfeld war bereits hell erleuchtet von
den Scheinwerfern der Spurensicherung.

„He, was macht ihr denn alle hier? Habt ihr ein
feuchtes Zuhause?", rief ihnen Karsten Windisch entgegen und hielt persönlich das Absperrband hoch,
das sie den Tatortbereich betreten konnten.

Omar besprach sich inzwischen mit dem Notarzt, der
bereits wieder abfahrbereit an seinem Auto stand.

Mike zog nur die Augenbrauen nach oben. Karsten

deutete auf den Garten von Maxi Krügers Haus. Jetzt sah auch Mike unter einem knorrigen alten Apfelbaum einen abgedeckten Körper liegen. Inzwischen kam auch Omar den kurzen Weg schnaufend heraufgelaufen.

„Der Kollege sagt, mit großer Wahrscheinlichkeit Suizid. Ich schau ihn mir noch einmal an und dann, wenn ihr fertig seid, kann er rüber zu mir."

Er nickte Karsten zu und schlüpfte mit dessen Hilfe in einen XXL-Overall. Dann wandte sich der Leiter der Spurensicherung wieder an Mike, Marianne und Kate.

„Der Tote ist Robin Feldmann, 28 Jahre. War bei Jutta Günther, zusammen mit vier weiteren Gästen zur, tja, wie soll ich sagen, keltischen Jahresendfeier eingeladen." Hier prustete er etwas. „Sie sagte uns, er sei plötzlich weg gewesen und nach einer Weile haben sie sich Sorgen gemacht und nach ihm gesucht und da hing er am Apfelbaum. Frau Günther hat ihn abgeschnitten und versucht zu reanimieren, aber ohne Erfolg."

In diesem Moment kam Omar zurück.

„Also, es sieht wirklich alles nach Suizid aus. Keine sichtbaren Abwehrverletzungen."

Er schälte sich aus dem Overall und deutete auf das hell erleuchtete Haus von Jutta Günther. „Können wir nicht reingehen? Es ist, mit Verlaub, arschkalt."

Karsten stieß einen Laut aus. „Wem sagst du das, Professor. Aber ich kann nicht rein."

Der Angesprochene klopfte ihm fest auf die Schulter.

„Mein Beileid. Tja, Augen auf bei der Berufswahl."
Geschickt wich er einem Knuff von Karsten aus und
steuerte auf Jutta Günthers Haustür zu.

Diese öffnete sie sofort und sah Omar erleichtert an.
„Gott sei Dank bist du es und Kate. Wie schön, wenn
man das angesichts der Umstände so sagen darf."
Dann wanderte ihr Blick zu Marianne und Mike.
„Bitte, kommen sie doch alle herein."

An dem großen Tisch saßen noch vier weitere Personen. Daneben stand ein uniformierter Polizist und
nahm gerade die Personalien auf. Er hob den Kopf
sah Mike an. „Ich habe alle Daten erfasst, Herr
Hauptkommissar", sagte er betont förmlich.

Dieser nickte ihm lächelnd zu. „Danke. Sie können
dann gehen."

Er nahm die Anwesenden in Augenschein.

Zwei Männer, wobei der eine das Rentenalter sicher
längst erreicht hatte, der andere Mitte bis Ende drei-
ßig. Eine Frau, eine bildhübsche Blondine um die
zwanzig, weinte in ein Taschentuch, während sie von
einer älteren Frau mit langem grauen Haar liebevoll
getröstet wurde.

Der ältere Mann erhob sich etwas umständlich und
steuerte zu Mikes Erstaunen direkt auf Omar zu.
„Was tust du denn hier?", fragte er erstaunt und
Omar selbst fiel die Kinnlade herunter.

„Siegfried? Professor Siegfried Künast?", sagte er erstaunt, um dann den deutlich kleineren und zierli-
cheren Mann in seiner bärenartigen Umarmung verschwinden zu lassen.

Sprachlos folgten die übrigen Anwesenden diesem Szenario, selbst die junge Blondine hatte aufgehört zu weinen.

„Das ist mein alter Professor, ich fasse es nicht", erläuterte Omar.

„Professor ja, ehemaliger auch, aber alt? Findest du das nicht etwas hart?"

Mit einem hochroten Kopf war es dem Mann endlich gelungen, sich aus Omars Umarmung zu befreien und er klopfte ihm jetzt gutmütig lächelnd auf die Schulter. Dann wurde er ernst. „Bist du der zuständige Rechtsmediziner?"

Omar nickte. „Ja, aber hätte ich gewusst, dass du vor Ort bist, hätte es ja meiner Expertise nicht bedurft."
Er wandte sich an Mike. „Professor Künast ist einer der anerkanntesten Rechtsmediziner und Forensiker weltweit."

Dieser winkte bescheiden ab. Dann sah er Mike an. „Sie sind der ermittelnde Beamte?"

Mike und auch Marianne stellten sich vor.

Der Professor griff in seine Tasche und nahm sein IPhone heraus. „Sie können es sicher fachlich richtig einschätzen, dass ich dieses Foto nur aus spurentechnischem Hintergrund gemacht habe. Als wir Robin gefunden haben, war mir sofort klar, dass er tot ist. Genickbruch. Aber Jutta wollte ihn natürlich da oben herunterholen und reanimieren. Ich habe nur schnell das Foto gemacht."

Er hielt es Mike hin, der es interessiert betrachtete.

„Haben sie das der Spurensicherung gezeigt?"

Der Professor schüttelte den Kopf. „Nein. Ich dachte erst, wenn wir hier alle potenzielle Verdächtige sind." Er brach ab und Omar schüttelte den Kopf. „Unsinn", griff er Mike vor. „Es sieht wirklich alles wie Suizid aus."

Mike räusperte sich nur und bat dann Professor Künast das Bild an ihn weiterzuleiten. Dann sah er zu Jutta Günther hinüber, die schweigend am Fenster lehnte und sie alle beobachtete.

„Würden sie uns bitte ihre anderen Gäste vorstellen?"

Diese ging zum Tisch zurück und legte der jungen blonden Frau die Hand auf die Schulter.

„Karen Milbrast." Dann deutete sie auf die weißhaarige Frau. „Doktor Marlen Schneider."

Langsam ging sie um den Tisch herum. „Professor Künast kennen sie bereits und das hier ist Helmar Steinweg, Marlens Lebensgefährte."

Sie nahm eine Räucherschale, öffnete das Fenster und stellte sie hinaus. „Hauptkommissar Köhler reagiert leicht allergisch darauf", erläuterte sie ihren erstaunt aufblickenden Gästen.

Mike holte Luft. „Danke", quetschte er zwischen den Zähnen hervor und spürte fast Kates Grinsen im Nacken. Dann sah er nacheinander die vier Gäste und Jutta Günther eindringlich an.

„Können sie sich erklären, warum Robin Feldmann das getan hat? War er anders als sonst, hat er irgendetwas gesagt?"

Professor Künast trat etwas näher an Mike heran und

sah zu ihm auf. „Wir haben heute Abend natürlich die Begleitumstände zum Tod dieser jungen Frau, Maxi Krüger, erläutert. Robin war sehr erschüttert darüber."

„Hat er sie denn näher gekannt?", hakte hier Marianne Jäger ein, die bisher geschwiegen und nur beobachtet hatte.

„Er hat ein paar Mal mit ihr gesprochen, über den Zaun", wandte jetzt Jutta Günther ein.

„Also kannte er sie näher", stellte Mike fest.

„Robin war viel zu introvertiert, um von sich aus jemand und schon gar keine Frau anzusprechen", warf jetzt Karen Milbrast ein, deren Augen noch immer stark gerötet waren.

„Aber Maxi war immer freundlich und aufgeschlossen und hat ihn angesprochen. Das hat ihm sehr gut getan."

Jetzt sah Mike zu Jutta Günther. „War Herr Feldmann denn öfter bei ihnen?"

Diese lächelte traurig. „Robin tat sich schwer mit Kontakten. Seine Eltern schienen ihn auch nicht zu verstehen. Daher kam er in den Semesterferien gern zu mir."

Hier hakte wieder Professor Künast ein. „Robin studierte Medizin. Das war ein bisschen Jutta und mir zu verdanken, er selbst hätte wohl kaum die Initiative ergriffen. Leistungstechnisch war das für ihn keine Hürde, aber mit sozialen Aspekten kam Robin nur schlecht zurecht."

„Aber muss man nicht gerade als Arzt eine hohe

soziale Präferenz haben", wandte jetzt Kate ein, die bisher geschwiegen hatte.

Der Professor lächelte sie an. „Sie sind die FBI-Agentin von der Jutta uns erzählt hat?"

Kate erwiderte das Lächeln. „Ehemalige FBI-Agentin", verbesserte sie und sah ihn auffordernd an.

Der emeritierte Professor nickte. „Da haben sie zweifelsfrei recht. Darum hatte sich Robin frühzeitig für die Forschung interessiert und da war er richtig gut."

Er seufzte. „Es ist um jedes junge Leben schade, aber dieses hier war sehr hoffnungsvoll."

„Wenn Herr Feldmann Maxi Krüger kaum gekannt hat, warum nahm er sich dann die Sache so zu Herzen?", fragte Mike, dem die Befragung jetzt zu sehr abglitt.

„Das können wir ihn leider nicht mehr fragen, Herr Hauptkommissar", wandte jetzt Doktor Marlen Schneider mit einer erstaunlich sanften Stimme ein.

„Robin war von einer sehr vielschichtigen, introvertierten Persönlichkeit. Er hat sich in unserem Kreis etwas, aber nie gänzlich geöffnete. Gerade heute waren die Schwingungen… "

„Gut", unterbrach Mike ziemlich forsch ihre Ausführungen.

Kate wandte sich etwas in Richtung Omar, weil sie Angst hatte, auflachen zu müssen, wenn sie jetzt in Mikes Gesicht sehen müsste. Wenn jetzt noch das Thema auf positive und negative Schwingungen kommen würde, war die Wahrscheinlichkeit groß, dass Mike der Kragen platzte.

„Ich würde sie alle bitten, am 2.Januar vormittags ins Polizeipräsidium zu kommen und dort ihre Aussagen zu Protokoll zu bringen. Wäre das in Ordnung?" Er sah die Anwesenden an, die nacheinander nickten. Dann wandte er sich an Jutta Günther.

„Könnten sie mir die Kontaktdaten der Eltern von Herrn Feldmann geben?"

Diese reichte ihm prompt einen Zettel. „Ich habe ihnen schon alles notiert."

„Na, wer sagt es denn, wir schaffen es noch bis Mitternacht nach Hause", sagte Omar ganz pragmatisch, als sie endlich in seinem Wagen saßen.

„Sollte Frau Schulz auch nur das Geringste passieren,
mache ich sie ganz persönlich verantwortlich. Ist das
klar?", sagte Bogdan Serwowitsch auf Russisch und
sah den schlanken Mann durchdringend an.
„Natürlich."
„Gut", erwiderte Bogdan und sah zu Kate, die entspannt neben dem dunklen Wagen stand und auf
ihre Schuhspitzen schaute. „Frau Schulz ist, wie vereinbart weder verkabelt, noch hat sie ein Handy bei
sich. Ich erwarte sie in einer Stunde wieder hier.
Keine Minute später."
Der Mann nickte zustimmend und gab dem Fahrer
ein Zeichen. Dieser stieg ein.
Dann sah er Kate an. „Frau Schulz, wenn sie bitte einsteigen würden." Er sprach ein sehr gutes Deutsch
mit nur einem kleinen osteuropäischen Akzent.
Was weder er noch Bogdan, ja, nicht einmal Mike
wussten, Letzterer einfach, weil es sich bisher nicht
ergeben hatte, Kate verstand nicht nur, sie sprach
auch nahezu perfekt russisch. Sie hatte Russisch in
der Schule gelernt und in Amerika erwiesen sich ihre
Kenntnisse, gerade beim FBI, als durchaus nützlich.
Bogdan trat jetzt nahe an die Wagentür heran, ihr
IPhone in der Hand, dass sie ihm überlassen hatte.
„Er bringt dich in einer Stunde wieder und bürgt für
deine Sicherheit", sagte er leise und drückte sanft
ihre Hand.
Kate lächelte zu ihm auf. „Danke", sagte sie nur und

der Wagenschlag wurde geschlossen.

Ihr Begleiter setzte sich auf die andere Seite und hielt ihr eine Maske aus einem dünnen, schwarzen, elastischen Stoff hin. „Bitte, Frau Schulz. Setzen sie sie auf."

Wortlos kam Kate der Aufforderung nach.

„Ich überprüfe jetzt nur den korrekten Sitz", sagte die Stimme neben ihr.

Der Wagen setzte sich langsam in Bewegung. „Bitte behalten sie die Hände auf dem Schoß."

Kate nickte zum Zeichen, das sie verstanden hatte. Unbemerkt von ihrem Begleiter legte sie die Fingerspitzen von Zeige- und Mittelfinger auf ihren Puls am rechten Handgelenk und zählte stumm. Da sie eine kontinuierliche Pulsfrequenz von 60 Schlägen pro Minute hatte, konnte sie so genau die Zeit bestimmen, die sie unterwegs waren. Nach genau 14 Minuten rollte der Wagen auf eine Art Schotterpiste und hielt dann an. Die Wagentür wurde geöffnet, denn Kate spürte die Kälte, die von draußen hereinwehte.

„Frau Schulz, ich führe sie jetzt hinein."

Geradezu sanft wurde ihr aus dem Auto geholfen und ein Arm stützte sie. Sie hörte das diskrete Quietschen einer schweren Tür, dann hatte sie festen Betonboden unter den Füßen und am Hall ihrer Schritte vermutete sie, in einer Art Industriehalle zu sein. Das passte auch zu der Kühle, die sich nur unwesentlich von der Außenluft unterschied.

Sie durchquerten die Halle mit insgesamt siebzehn

Schritten, dann öffnete sich eine weitere Tür und es wurde etwas wärmer.

„Das ist Frau Schulz", sagte jetzt ihr Begleiter.

„Nehmen sie bitte Platz." Diese Stimme klang rau, dunkel und hatte einen arabischen Akzent. Ihr Begleiter half ihr, sich auf einen Stuhl zu setzen und nahm ihr die Augenbinde vorsichtig ab.

Kate blinzelte in das grelle Licht, das wohl verhindern sollte, dass sie ihr Gegenüber sah. Fast hätte sie aufgelacht. Diese ganze Szenerie erinnerte sie eher an die alten Edgar Wallace Filme, die sie als junges Mädchen sehr gern gesehen hatte.

Ihr Begleiter trat nach hinten in den Schatten und Kate räusperte sich. „Ich habe zwei Fragen an sie und hätte gern eine ehrliche Antwort darauf."

Ein brummendes Lachen war zu hören.

Kate runzelte die Stirn. „Was finden sie daran so komisch?"

Das Lachen verstärkte sich, brach dann aber abrupt ab. „Frau Schulz, sie haben Schneid, das imponiert mir. Aber das darf man von einer ehemaligen FBI-Agentin wohl erwarten. Was mich amüsiert ist die Tatsache, dass sie mir zutrauen, ehrlich zu sein. Das tun die wenigsten, um nicht zu sagen, niemand."

Kate rutschte auf dem Stuhl, der alles andere als bequem war, nach hinten. „Ich tue es. Also, darf ich meine Fragen stellen?"

„Ja", lautete die knappe Antwort.

„Gut. Frage eins, haben sie oder ihre Leute etwas mit dem Tod von Maxi Krüger, der Lebensgefährtin von

Lukas Neidel zu tun?" Die Antwort kam sehr prompt. „Da ich die junge Frau nicht kenne, kann ich auch nichts mit ihrem Tod zu tun haben. Das gleiche gilt auch für meine Leute. Im Übrigen glaube ich auch kaum, das potentielle Rivalen, von denen ich aber jetzt niemand benennen könnte, so vorgehen würden. Wenn jemand durch den Tod eines Familienangehörigen eingeschüchtert werden soll, dann wird in der Regel anders, öffentlichkeitswirksamer, vorgegangen. Nein, Frau Schulz, das ist die falsche Spur."

Kate antwortete nicht darauf, sie nickte nur. Eine Weile war es still in dem Raum, dann sagte die Stimme hinter der Lampe: „Gut. Ihre zweite Frage." Kate nickte wieder, diesmal als Signal für ihr Einverständnis. „Lukas Neidel, war er wirklich am 25.12. für sie auf einer Kurierfahrt?"

Sie hörte ein leises Lachen. „Ja, der Lebenspartner und noch dazu ein Drogenkurier wäre der perfekte Täter. Die Staatsanwaltschaft reibt sich sicher schon zufrieden die Hände. Aber sagen sie, Frau Schulz. Was tun sie mit der Erkenntnis, dass Lukas nicht der Täter gewesen sein kann? Eine schriftliche Aussage werden sie kaum von mir bekommen."

Wieder ein brummendes Lachen. Kate streckte sich etwas. „Das lassen sie getrost meine Sorge sein." Als daraufhin keine Antwort mehr kam, rutschte sie auf dem Stuhl nach vorn. „Ich werde versuchen, den Täter zu finden. Und hätten sie jetzt die Freundlichkeit, mir zu sagen, ob Lukas Neidel für sie auf Tour war und von wann bis wann?"

„Er ist gegen 18.00 Uhr hier bei mir losgefahren, nach Hamburg. Dort hat er sich mit jemand getroffen, der ihm etwas für mich übergeben hat. Am 26.12. war er kurz vor 8.00 Uhr wieder hier bei mir und hat sich etwas aufs Ohr gelegt. Dann ist er nach Hause und der Polizei direkt in die Hände gelaufen."

Kate hörte ein leises Räuspern. „Das war einfach Pech, dass diese sein kleines Lager gefunden haben, aber kein Weltuntergang."

Kate dachte noch über die Fahrzeiten nach. „Wann hat er den Kontakt in Hamburg getroffen?"

„Es war 1.00 Uhr ausgemacht und hätte sich Lukas verspätet, wäre ich umgehend informiert worden."

Wie man es auch drehte und wendete, nach diese Aussage konnte Lukas Neidel unmöglich der Täter gewesen sein.

„Waren das alle ihre Fragen?", wurde Kate in ihrem Gedankengang unterbrochen und sie nickte.

Dann trat ihr Begleiter wieder hinter sie, so geräuschlos, dass sie erschrak, als er sagte.: „Frau Schulz, ich lege ihnen wieder die Maske an."

Schließlich verließen sie den Ort wieder genau so, wie sie gekommen waren und als Kate die Maske wieder abgenommen bekam, sah sie Bogdan Serwowitsch neben der Autotür stehen mit einer Mischung aus Erleichterung und Spannung in der Mimik.

Kate saß in der Bibliothek, die Pyramide drehte sich langsam. Der Kamin brannte und Mascha hatte es sich auf ihren Oberschenkeln bequem gemacht und schnurrte so laut, das Kate fast nicht die Schritte gehört hätte. Als sie aufsah, sah sie Mike im Türrahmen lehnen und seine Miene sagte alles.

Langsam legte sie das Buch, in dem sie gelesen hatte, weg und setzte sich aufrecht hin.

Mascha sprang erschreckt von ihren Beinen, fauchte Mike als Verursacher dieses Dilemmas heftig an und eilte in die Küche, um sich wenigstens etwas mit Futter darüber hinwegzutrösten, ihren bequemen Platz einbüßen zu müssen.

Kate holte tief Luft. „Du weißt Bescheid?"

Mike trat etwas näher und nickte. „Bogdan hat mich angerufen."

Kate ergriff ihr IPhone und stellte die Musik aus. Dann legte sie langsam die Decke zusammen und stand auf. „Auch wenn du es nicht gut findest…"

„Nicht gut finden?", unterbrach sie Mike, nur mühsam seinen Tonfall beherrschend. „Ich finde es Scheiße, Kate."

Diese starrte ihn an. Dann setzte sie sich wieder in den Sessel. „Wow. So habe ich dich ja noch nie erlebt."

Mike holte tief Luft und fuhr sich mit der Hand über sein Gesicht. Dann ließ auch er sich in einen der Sessel fallen.

„Entschuldige", sagte er leise. „Aber was hast du dir nur bei dieser Aktion gedacht? Und vor allen Dingen, wie hast du Bogdan überredet, bei diesem Irrsinn mitzumachen?"

Kate räusperte sich. „Nun ja, ich habe ihm gesagt, wenn er mir nicht hilft die Wahrheit herauszufinden, dann läuft da draußen ein Mörder frei herum, weil der Staatsanwalt ja seinen Täter hat. Gut, dieser Neidel ist ein Arsch und darf ruhig ein wenig länger schmoren, aber das eine hat nichts mit dem anderen zu tun."

Kate hielt inne und lachte plötzlich. „Das ist heute wirklich unser Tag der Kraftausdrücke", sagte sie und auch Mike musste unwillkürlich lächeln.

Dann wurde er wieder ernst. „Ehe ich mich weiter hineinsteigere, was wohl alles passieren hätte können, was hast du herausgefunden?"

Kate öffnete die Hände in Richtung Mike. „Also, dieser Araber, wie er genannt wird, hat mir zwei Dinge versichert. Erstens, weder er noch seine Leute noch potenzielle Rivalen haben Maxi Krüger umgebracht und zweitens hat Lukas Neidel ein hundertprozentiges Alibi. Er war in Hamburg."

Mike stieß leise die Luft aus und erhob sich wieder. Er ging im Raum auf und ab und blieb dann vor Kate stehen. „Das wird Gebhardt kaum interessieren. Was soll ich ihm sagen? Herr Staatsanwalt, meine Frau hat sich mit dem Araber getroffen, dessen Identität keiner kennt und der das Vogtland mit Koks versorgt und der hat ihr gegenüber versichert, dass Lukas Neidel für die Tatzeit ein Alibi hat?"

Kate sah zu ihm auf und lehnte sich zurück.

„Könntest du, bringt aber nichts."

Dann erhob auch sie sich. „Neidel wird so und so noch eine Zeit absitzen wegen Drogenbesitzes und - vertriebs. Da ist also wenig Gefahr im Verzug. Nur besteht jetzt die Frage, wer hat Maxi Krüger wirklich getötet?"

Sie deutete in Richtung Küche und Mike nickte.

Ja, ein Kaffee würde ihnen jetzt wohl beiden guttun.

Während sich Kate an der Maschine zu schaffen machte, sah sie zu Mike hin, der am Küchentisch Platz genommen hatte.

„Hältst du Robin Feldmann für den Täter? Sein Suizid könnte faktisch ein Schuldeingeständnis gewesen sein."

Sie reichte Mike den Kaffeebecher und setzte sich mit ihrem ihm gegenüber.

Mike drehte den Becher langsam hin und her. „Ein etwas seltsamer junger Mann. Ich war bei seinen Eltern. Sie waren geschockt, aber nicht sonderlich erstaunt. Es war nicht sein erster Suizidversuch. Von ihren drei Kindern war Robin der begabteste, aber auch introvertierteste der Brüder. Er hatte immer wieder soziale Probleme. Sie haben ihn testen lassen."

Kate setze ihre Tasse ab. „Asperger?", fragte sie und Mike nickte.

„So hat es von Anfang an für mich angehört. Scheinbar fühlte er sich nur von Jutta Günther und ihrer Gruppe verstanden und dort auch sicher."

Mike winkte leicht ab. „Hör mir bloß mit denen auf.

Ich weiß nicht, ob die Robin Feldmann wirklich gutgetan haben. Natürlich lässt Omar auf seinen ehemaligen Professor nichts kommen und er scheint mir
auch noch der Normalste aus der Gruppe zu sein.
Diese Doktor Marlen Schneider mit ihren kosmischen
Schwingungen und ihr jüngerer Lover, dieser Steinweg, der kaum einen ganzen Satz herausbringt. Dann
noch Karen Milbrast, die mir gar nicht recht von dieser Welt scheint. Ein sehr illustrer Haufen, wirklich.
Kein Wunder, das die den armen Jungen noch völlig
verwirrt haben."
Kate, die ihre Tasse leergetrunken hatte, klopfte mit
den Fingerspitzen auf den Tisch. „Also hältst du ihn
nicht für verdächtig?"
Mike schüttelte den Kopf. „Laut Omar war die Tatzeit um Mitternacht und da saß Robin Feldmann
noch mit seinen Eltern und seinen Brüdern zusammen. Laut der Mutter ist er kurz nach Mitternacht in
sein Zimmer gegangen. Selbst wenn er da noch einmal das Haus verlassen hätte, kann er aufgrund der
Entfernung nicht der Täter gewesen sein."
Er sah, wie Kate angestrengt nachdachte. „Er hat
Maxi verehrt, ja, ich glaube, das ist der richtige, wenn
auch etwas veraltete Ausdruck. Daran besteht kein
Zweifel. Mit Sicherheit hat ihn ihr Tod tief getroffen.
Aber warum hat er sich ausgerechnet an diesem Tag
suizidiert?"
Kate schien keine Antwort auf ihre Frage zu erwar-
ten, sondern sah Mike eindringlich an.
„Irgendetwas, ein Satz, ein Wort, war der Auslöser."

Sie sprang so schnell auf, dass Mike erschrak.
„Ich muss noch einmal mit Jutta Günther reden",
sagte sie und gab Mike einen Kuss auf die Wange.
„Warte am besten nicht auf mich und Essen ist im
Kühlschrank."
Damit war sie zur Tür hinaus.

„Und jetzt verdächtigt ihr allen Ernstes Robin?"
Jutta Günther starrte Kate geradezu feindselig an,
was diese sofort mit einer beschwichtigenden Geste
abwehrte.

„Nein. Natürlich nicht. Selbst wenn, Robin hat für
Maxis Todeszeit ein Alibi. Er kann es also gar nicht
gewesen sein."

„Hm", machte Jutta, noch nicht ganz überzeugt und
schob Kate einen Tee hin. Dann nahm sie ihr gegenüber Platz. „Ich dachte, die Staatsanwaltschaft hat
sich auf Lukas Neidel eingeschossen?", fragte sie und
ihre hellen Augen schienen Kate zu durchbohren.
Scheinbar hatte sie sehr große Beschützerinstinkte gegenüber Robin Feldmann entwickelt.

Kate nahm langsam einen Schluck von dem Salbeitee
und wich Juttas Blick nicht aus.

„Das tun sie immer noch. Ganz einfach, weil sie nicht
wissen, was ich weiß und selbst wenn…"

Sie zuckte die Schultern und beschloss, Jutta Günther
die ganze Geschichte zu erzäh-
len.

Diese nickte schließlich, als Kate geendet hatte.

„Respekt. Du hast Mut und was mir gefällt, ist die
Tatsache, dass du es getan hast, obwohl du Lukas
auch nicht gerade sympatisch findest."

Kate grinste. „Das ist noch stark untertrieben."

Dann wurde sie ernst und beugte sich näher zu ihrer
Gastgeberin hinüber. „Aber ganz gleich was die
Staatsanwaltschaft denkt oder nicht, dort draußen
läuft noch immer der Mörder von Maxi herum."

Jutta Günther nickte bedächtig. Dann holte sie Luft. „Gut. Was also willst du wissen?"

Kate lehnte sich wieder zurück, froh, endlich Juttas Vertrauen zu haben. „Wann ist Robin an diesem Abend nach draußen gegangen und wann habt ihr nach ihm gesehen?"

Jutta Günther schloss etwas die Augen und lehnte den Kopf zurück. „Es war gegen 18.30 Uhr. Wir hatten uns zuvor über ein paar andere Sachen unterhalten, als Karen noch einmal auf Maxis Tod kam. Natürlich hatte uns das alle unterschwellig die ganze Zeit beschäftigt, aber mir war es gar nicht so recht, dass Karen gerade jetzt die Sprache darauf brachte."

„Wegen Robin?", wandte Kate ein und Jutta Günther wog langsam den Kopf hin und her.

„Auch, ja. Aber vor allem wegen Marlen."

Stirnrunzelnd sah Kate sie an. „Frau Doktor Schneider? Was hat die denn mit Maxis Tod zu tun."

Jutta winkte ab. „Nichts, also nichts Unmittelbares. Aber sie kann sich in alles so…" Sie suchte nach den passenden Worten.

„Hineinsteigern?", half Kate und Jutta Günther lächelte fein. „Du triffst es auf den Punkt. Ich habe ein anderes Wort gesucht, aber ja. Marlen war der Meinung, dass durch Maxis Tod negative Schwingungen auch auf meinem Haus lasten und prompt fing sie damit wieder an. Siegfried, also Professor Künast, hielt dagegen und ein ziemlicher Disput entstand."

„Und während dieses Streites ist Robin hinausgegangen?", fragte Kate und Jutta seufzte auf.

„Kate, es war kein Streit. Wir streiten eigentlich nie. Es war eine Diskussion mit kontroversen Theorien."

Diese schraubte sichtbar die Augen nach oben.

„Nenne es wie du willst, aber irgendwas muss es in Robin ausgelöst haben. Wann genau ist er hinaus?"

Wieder schloss Jutta die Augen. „Marlen und Siegfried diskutierten gerade darüber, ob die Tatsache, dass ich Maxi berührt und in mein Haus gebracht habe, auch auf mich eingewirkt hat. Die negative Energie des Mörders hätte auf mich übergehen können, meinte Marlen. Das lehnte aber Siegfried vehement ab. Da ging Robin hinaus."

Kate schüttelte den Kopf. „Ich verstehe euch nicht, wirklich nicht."

Jutta sah sie sinnend an. „Es gibt bestimmt auch Menschen, die nicht verstehen können, warum eine ehemalige FBI-Agentin in die katholische Kirche geht."

Kate seufzte leise auf. „Touché", murmelte sie und wandte sich Jutta wieder zu. „Wann seid ihr dann raus, um Robin zu suchen?"

Dieses Mal musste Jutta Günther nicht überlegen.

„Es war keine Viertelstunde. Ich hatte ja die Haustür gehört, die er hinter sich ins Schloss gezogen hatte, also wusste ich, dass er zum Beispiel nicht auf der Toilette war. Und in der Kälte bleibt man nicht so lange draußen. Auch Siegfried war gleich alarmiert als ich das sagte und ist sofort mit mir raus. Helmar kam ungefähr zwei Minuten später, nur Karen und Marlen blieben im Haus. Wir haben erst mein

Grundstück abgesucht, aber dann wies uns Helmar auf die Fußspuren hin, die rüber zu Maxis Haus führten. Und dort fanden wir ihn dann."

Jutta schluckte und musste eine Pause machen.

Kate dachte inzwischen über das Gehörte nach.

Keine Viertelstunde, um einen Strick zu suchen, eine Leiter und sich aufzuknüpfen. Mit Sicherheit hatte er das ja nicht bei sich.

„Wie war Robin eigentlich zu dir gekommen? Mit dem eigenen Auto?", riss sie Jutta aus ihren Gedanken.

Die schüttelte den Kopf. „Nein. Er war mit Siegfried herausgefahren."

„Hatte er Gepäck dabei, eine Tasche?"

Jutta schien zu verstehen. „Nein, nur seinen Mantel und der hing noch bei mir an der Garderobe. Er hatte mit Sicherheit nicht so einen Strick dabei. Der war, das wird dir Omar bestätigen, ein altes Hanfseil, bestimmt noch aus den Beständen von Maxis Großvater aus der alten…"

Sie schlug die Hand vor den Mund.

Kate nickte. „Robin kannte sich dort drüben aus. Auch wenn er nichts mit Maxis Tod zu tun hat, er war öfter auf dem Grundstück und…"

Jetzt war es Kate, die die Augen aufriss, weil ihr eine Erkenntnis kam. „Er war es, der Maxi gefunden hat, tot im Garten. Er hat sie zugedeckt, mit einem Bettlaken, dass sie nicht so bloß in der Kälte lag und dabei ist er in Panik durch das Haus gerannt und die Zugluft hat die hintere Tür ins Schloss fallen lassen.

Davon bist du aufgewacht."

Jutta Günther sah Kate zweifelnd an. „Ich weiß nicht", murmelte sie und fuhr plötzlich auf.

Draußen waren Scheinwerfer zu sehen und das Geräusch eines haltenden Wagens.

Jutta lief zum Fenster und erstarrte. „Das ist Caroline Krüger, Maxis Mutter."

Eine elegante Frau in den Vierzigern im dunklen, pelzbesetzten Mantel und hohen Stiefeln sprach noch mit dem Taxifahrer, der nickte, dann wendete und schließlich davonfuhr.

Die Frau warf einen langen Blick auf das dunkle Haus, in dem sie selbst ihre Kindheit und Jugend verbracht hatte und ging dann mit energischen Schritten auf Jutta Günthers Haus zu.

Diese ging zur Tür und öffnete sie. Stumm nahm sie Caroline Krüger in die Arme, die sich dies gefallen ließ und erst nach einer Weile, ihren Blick auf Kate gerichtet, die im Wohnzimmer stand, sich aus der Umarmung löste.

Kate trat auf sie zu und reichte ihr die Hand.

„Mein aufrichtiges Beileid, Frau Krüger. Mein Name ist Katherina Schulz, ich bin externe Beraterin der Plauener Kriminalpolizei und hatte mit Frau Günther noch…"

Caroline Krüger schlüpfte aus ihrem Mantel, unter dem sie ein tailliertes schwarzes Kostüm trug und sah Kate eindringlich an.

„Haben sie ihn verhaftet?", unterbrach sie Kate mit einer angenehmen Altstimme.

Diese runzelte die Stirn. „Lukas Neidel ist derzeit in Polizeigewahrsam weil…"

Caroline Krüger sah von Kate zu Jutta und schüttelte den Kopf.

„Lukas? Warum Lukas? Ich spreche von Lars, Nannis Vater."

Im Beratungsraum saßen neben Omar und Mike
Karsten Windisch, Frieder Lein und Kate, während
Marianne gerade etwas an ihre geliebten Tafel-
schrieb.

Man sah Mike an, dass er unter enormen Stress
stand, ständig fuhr er sich mit beiden Händen durch
die Haare, bis er einen Blick von Kate auffing und
verlegen lächelte. Marianne schien ruhig und fokussiert wie immer.

In die Mitte der Tafel hatte sie *Maxi Krüger* geschrieben. Daneben: *Familie*, aufgegliedert in ihre Mutter,
Caroline Krüger, Lars Schürer sowie *Lukas Neidel*. Auf
der anderen Seite *Jutta Günther* und *Robin Feldmann*.
Jetzt tippte sie an Maxi Krügers Name. „Omar, nach
deiner Einschätzung wurde Maxi um Mitternacht er-
schlagen."

Der Pathologe nickte. „Plus, Minus eine bis eine
halbe Stunde, ja."

„Gut, dann ist es eher unwahrscheinlich, dass Jutta
Günther den Täter gegen 3.00 Uhr gehört hat?"
Sie sah die anderen Anwesenden an.

„Das ist eher unwahrscheinlich, denn wo soll er oder
von mir aus auch sie, sich in dieser Kälte über zwei
Stunden aufgehalten haben? Ein Auto in unmittelba-
rer Nähe wäre bemerkt worden, im Schuppen war es
lausig kalt und im Haus selbst haben wir keine Spuren gefunden, die auf einen längeren Aufenthalt einer
fremden Person hindeuten", sagte jetzt Karsten

Windisch.

„Außer es war doch Lukas Neidel", wandte Frieder Lein ein.

Aus dem Augenwinkel sah er, wie Kate den Kopf schüttelte. Inzwischen wussten alle in diesem Raum von ihrem Undercovereinsatz bei dem Araber.

„Nein", sagte sie bestimmt. „Auch wenn er in den Augen unseres Herrn Staatsanwaltes den perfekten Tätertypus darstellt, er hat damit ein Alibi."

Dann sah sie zu Mike hinüber. „Was mich allerdings wundert, ist die Tatsache, dass Frau Krüger, also Maxis Mutter, Lars Schürer in Verdacht hatte und auf Lukas Neidel nicht so schlecht zu sprechen war, wie ich vermutet hätte. Immerhin hat er ihren Schmuck und ihr Geld geklaut."

Dieser nickte. „Ich werde sie auf alle Fälle noch einmal zusammen mit Marianne befragen. Lars Schürer hat ein Alibi und Neidel auch. Es ist zum verrückt werden."

Wieder fuhr er sich durch die Haare, während sich Kate nach vorn lehnte und auf die Tafel starrte.

Dann sah sie zu Karsten Windisch hin, der in sein Tablet vertieft war. „Sag mal, habt ihr die Tatwaffe eigentlich noch gefunden?"

Dieser hob den Kopf. „Nein. Weder im Haus noch im Umfeld, wobei das schwierig ist, weil noch immer alles zugeschneit ist. Laut Omar war es ein Gegenstand aus Holz und rund, vielleicht ein Baseballschläger oder ein glatter Knüppel."

„So wie der von Jutta?", wandte Omar ein und zog

leicht grinsend die Brauen nach oben.

Kate lachte. „Sie hat nun wirklich kein Motiv."

Dann sah sie wieder zu Marianne. „Und Robin?",
fragte sie.

Omar hob die Hand. „Eindeutig Suizid. Das Seil ist
aus Hanf, sicher schon einige Jahre alt."

„Ja", wandte hier Karsten ein. „Wir haben das gleiche
Seil im Schuppen gefunden. Von dort hat er es,
ebenso die Leiter. Da waren im Schuppen noch die
Abdrücke."

Kate schüttelte langsam den Kopf. „Warum hat er
sich umgebracht?"

„Unglückliche Liebe", wandte jetzt Mike ein. „Er war
in Maxi verliebt, hat sie sogar gestalkt, denn anders
ist es nicht zu erklären, dass er sich so gut auf dem
Grundstück auskannte. Er wollte ihr mit Sicherheit
nichts Böses, sondern ihr einfach nahe sein. So auch
in jener Nacht. Er ist noch einmal zu ihr rausgefah-
ren, hat sie tot im Garten gefunden. Er wollte sie
nicht so liegen lassen und hat sie mit einem Laken abgedeckt und ist durch das Haus wieder zum Rück-
eingang hinaus. Dabei knallte die Tür ins Schloss. Bei
dieser Keltenfeier, wie ich es einmal nennen will,
kam durch diese Doktor Schneider alles wieder hoch
und er hatte einen Blackout. Tragisch, aber nachvollziehbar."

Kate spielte mit dem Kugelschreiber, der vor ihr lag
und malte auf einen Block einige Kreise. Dann sah sie
wieder Mike an, ließ ihren Blick aber auch zu Marianne schwenken. „Wisst ihr, was ich an eurer Stelle

tun würde?"

Sie machte eine Pause und Marianne legte ihren Stift weg. „Na sag schon. Du bist doch unsere externe Beraterin."

„Bringt Lukas Neidel und Caroline Krüger zusammen. Da wird sich zeigen…"

Mike winkte ab. „Kate. Da stimmt Gebhardt nie zu."

Sie holte tief Luft, aber dann lächelte sie. „Nun, wie wäre eine Tatortbegehung mit dem Beschuldigten? Das ist doch durchaus möglich, oder?"

Mike nickte zögerlich. „Hm", machte er. „Dagegen wird er nichts einzuwenden haben."

„Vor allen Dingen nicht, wenn er denkt, damit ist der Fall endgültig in trockenen Tüchern", warf Omar ein und grinste etwas.

Kate nickte ihm zu. „Genau. Und ich sorge dafür, dass ganz zufällig Caroline Krüger bei Jutta Günther zu Gast ist."

Mike sah Marianne an, die ihm fast etwas zu begeistert nickte. Dann brummte er seufzend. „Also gut. Ich hoffe nur mal wieder, dass uns die Sache nicht um die Ohren fliegt."

„Muss das wirklich sein?", maulte Lukas Neidel bestimmt schon zum dritten Mal auf dem Rücksitz des Polizeifahrzeuges, dass sie zu Maxi Krügers Haus brachte.

Mike wandte sich langsam um zu ihm. „Erst liegen sie uns in den Ohren das sie unschuldig sind und jetzt mosern sie hier herum, wenn wir Spuren nachgehen, die sie vielleicht entlasten könnten. Sie haben wirklich Nerven."

Das dies durch Kates Undercovereinsatz schon lange bestätigt war, hatten sie ihm natürlich nicht gesagt. Neidel schüttelte den Kopf und starrte aus dem Fenster. „Als ob ihr das wirklich vorhabt. Für euch bin ich doch der perfekte Täter", murmelte er, ohne dass er darauf eine Antwort erhielt.

Endlich stoppten sie vor dem Haus. Die gesamte Straße, wie auch die Wege zu den beiden Häusern waren blitzblank geräumt, höchstwahrscheinlich ein Werk jenes Freddi, der für die Straßenreinigung verantwortlich war.

Mike und Marianne begleiteten Neidel ins Haus. Am Aufgang angekommen, öffnete sich nebenan die Tür bei Jutta Günther und diese trat, in einen langen, dickgestrickten Schal gehüllt, heraus.

„Die fehlt mir gerade noch", stöhnte Neidel auf, verstummte aber kurz darauf, als Caroline Krüger, bekleidet mit einem fast bodenlangen, schwarzen Mantel gehüllt, neben Jutta Günther trat.

„Hallo, Lukas", sagte sie nach eine Weile des Schweigens.

„Hallo, Caro", erwiderte der Angesprochene leise und fuhr verlegen mit dem Fuß im Schnee hin und her. „Das mit Maxi tut mir so leid. Ich habe damit nichts zu tun, das musst du mir glauben."

Marianne Jäger, die neben Neidel stand, sah, dass er Tränen in den Augen hatte und war, im Gegensatz zu Mike, dem seine Gedanken vom Gesicht ablesbar waren, gewillt zu glauben, dass diese Regung echt war.

Caroline Krüger nickte Jutta Günther zu, dann lief sie um den Zaun hinüber auf das Grundstück ihrer Tochter. Ohne sich um die Beamten zu kümmern, trat sie zu Lukas Neidel und umarmte ihn. „Aber das weiß ich doch", sagte sie leise und der fing hemmungslos an zu weinen.

„Gut", sagte Mike nach einer Weile und räusperte sich. „Wollen wir nicht rein gehen?"

Caroline Krüger, die Neidel inzwischen losgelassen hatte, sah die beiden Beamten an.

„Kann ich mitkommen?"

Marianne nickte und zu viert betraten sie das Haus. Während Mike mit dem jungen Mann in die Küche ging, blieb Marianne mit Maxis Mutter im Flur.

„Es ist eine große Geste von ihnen, Lukas zu trösten, nach alledem."

Als Caroline Krüger sie verwirrt ansah, ergänzte sie: „Er hat ihnen doch den Schmuck und Geld gestohlen."

Diese schüttelte den Kopf. „Nein. Das war er mit Sicherheit nicht. Lukas mag ein Hallodri sein, er hat sich da in Sachen mit hineinziehen lassen, dessen Tragweite er gar nicht erfasst hat, aber wissen sie was? Im Grunde seines Herzens ist der Junge, der so cool tut, ein lieber Kerl. Das haben sie ja jetzt gerade gesehen und er hat meine Maxi und auch die kleine Nanni abgöttisch geliebt."

Jetzt war es an Marianne, verwirrt zu schauen. „Aber Lars…"

„Das kann ich mir gut vorstellen", fiel ihr Caroline Krüger ins Wort. „Er wollte Maxi zurück, um jeden Preis. Er hat ja auch dieses Schwiegermutterslieblingsimage, aber bei mir hat das nicht gezogen. Ich habe ihn durchschaut, besser als alle anderen. Jutta hält noch immer große Stücke auf ihn, dabei ist sie sonst so eine gute Menschenkennerin. Er hat meine Sachen genommen, als er einmal bei mir war, wegen Nanni und dann hat er sie bei seinem nächsten Besuch hier so platziert, dass Maxi sie finden und glauben musste, Lukas hat sie gestohlen."

In diesem Moment kam Mike in den Flur. „Frau Krüger, kommen sie bitte einmal?"

Diese folgte ihm in die modern designte Küche.

Lukas Neidel saß auf einem Stuhl und deutete auf ein kleines, leeres Regal. Sie folgte seinem Blick und nickte langsam. „Da fehlt etwas", sagte sie schließlich.

„Und was?", fragte Mike, obwohl ihm Neidel bereits die Antwort geliefert hatte.

„Ein Nudelholz. Es war wohl das einzige alte Stück hier, Maxi hat es nicht so mit Antiquitäten. Aber es ist noch von meiner Großmutter, also ihrer Urgroßmutter. Sie wollte es in Ehren halten und hat es auf diesem Regal platziert."

Marianne und Mike sahen sich an.

„Ja, vom Muster her könnte es ein Nudelholz gewesen sein", hatte ihnen Omar am Telefon gesagt.

Damit hatten sie also erst einmal eine mögliche Tatwaffe. Marianne saß schweigend neben Mike, der sie zu Lars Schürer fuhr, der jetzt wieder in seiner Plauener Wohnung war, während sich seine Tochter noch bei seinen Eltern aufhielt.

„Was geht dir durch den Kopf?", fragte Mike nach einer Weile und Marianne sah zu ihm hinüber.

„Wenn dieses Nudelholz wirklich die Tatwaffe ist, wie wir zu 90% vermuten, da war es keine geplante Tat."

Mike nickte. „Ja, das habe ich mir auch schon überlegt. Das und die Tatsachen, die Kate herausgefunden hat, machen eigentlich klar, dass es hier nicht um Neidels Drogengeschäfte ging. Hier geht es um eine Beziehungstat." Er atmete tief ein. „Und da ist der Personenkreis überschaubar."

Er sah, wie Marianne langsam den Kopf zustimmend bewegte. „Lukas Neidel hat, dank Kate, ein Alibi. Robin Feldmann, selbst wenn wir ihn in die engere Wahl ziehen würden, hat auch durch die Eltern und seine Brüder ein Alibi. Ist es deiner Meinung nach glaubhaft?"

Mike, der gerade die Sauinsel im üblichen Feierabend-stopp and go bewältigte, seufzte etwas.

„Ja, ich denke schon. Sie haben spontan und ohne Zögern unsere Fragen beantwortet, also sage ich mal, trotz des Suizides, er hat Maxi Krüger gestalkt, wenn man es wirklich so nennen will, aber nicht getötet."

„Bleibt also Lars Schürer, der Kindsvater. Aber warum?"

Damit hatte Marianne den Nagel auf den Kopf getroffen. Die Frage nach dem Motiv trieb sie, Mike, ja das ganze Team immer und immer wieder um. Bei Lukas Neidel war es schnell zu finden gewesen, aber da er ausschied...

„Immerhin scheint er ja nicht ganz der smarte Junge zu sein, wie er sich gibt, zumindest laut Caroline Krüger", wandte jetzt Marianne ein. „Die im Übrigen die ganze Zeit in Dubai war."

Mike, der wieder einen unfreiwilligen Stopp einlegen musste, sah sie erstaunt an. „Hattest du die Mutter in Verdacht?"

Marianne schüttelte den Kopf. „Aber ich wollte die Sache rund machen, spätestens wenn Gebhardt erfährt, dass Neidel nicht der Täter sein kann, wird er das Unterste zu Oberst kehren lassen, glaub mir."

Mike musste unwillkürlich lachen und er spürte, wie seine Verspannung etwas nachließ. Das mochte er an seiner Kollegin, immer einen Gedanken weiter und ohne viel Gewese erledigte sie das, was sie für nötig befand und das war auch immer das Richtige.

Ihm graute schon vor dem Gedanken, wenn Marianne tatsächlich einmal in den Ruhestand ging.

„Dann unterhalten wir uns mit Lars Schürer und schauen mal", meinte er, zufrieden seufzend, weil sich der Stau endlich aufzulösen schien.

„Sie müssen die Unordnung entschuldigen, aber ich bin erst einen Tag aus Elsterberg zurück und Nanni hat hier schon ganz schön gewütet."

Lars Schürer schien keinesfalls erstaunt, als die beiden Beamten so unvermittelt vor seiner Tür standen und bot ihnen einen Platz in dem geräumigen Wohnzimmer an. Ein zwar künstlicher, aber sehr geschmackvoll dekorierter Weihnachtsbaum stand in der Ecke, darunter einige aufgerissene Geschenkkartons und verstreute Geschenkbänder und Papier.

„Ich kam wirklich nicht zum wegräumen", wiederholte er und Mike dachte, dass Lars Schürer wirklich der typische Schwiegermuttertraum war. Mit einem entspannten Lächeln setzte er sich den Beamten gegenüber, runzelte dann aber die Stirn.

„Ich habe noch gar nichts eingekauft, aber für einen Kaffee sollte es noch reichen."

Noch ehe er sich wieder erheben konnte, hoben Marianne und Mike fast synchron die Hände.

„Bitte, machen sie sich keine Umstände", sagte Erstere und der junge Mann nickte.

„Wie geht es denn jetzt mit ihrer Tochter weiter?", fragte sie dann mit etwas leiserer Stimme und Lars Schürer holte tief Luft. „Sie fragt natürlich nach ihrer Mama, aber wir haben ihr gesagt, sie musste auf eine ganz wichtige weite Reise. Wie wollen sie einem so kleinen Mädchen erklären, dass seine Mutter ermordet wurde?"

Fassungslos schüttelte er den Kopf, dann sah er Marianne an. „Ich stehe schon mit dem Jugendamt in

Verbindung. Nanni ist meine Tochter, ich habe keine Bedenken das Sorgerecht für mein Kind zu bekommen. Nanni wird bei mir leben, vielmehr bei mir und meinen Eltern. Ich muss ja arbeiten. Solange Nanni nicht in die Schule geht, wird sie wohl in Elsterberg aufwachsen."

Marianne nickte verständnisvoll.

Jetzt sah Mike seine Zeit gekommen. „Herr Schürer, ist es wahr, dass sie die Sachen, die angeblich Lukas Neidel bei Maxis Mutter gestohlen hat, weggenommen und dann bei Maxi deponiert haben, dass diese glauben sollte, ihr Lebenspartner sei es gewesen?"

Lars Schürer sah jetzt zu ihm und für eine Sekunde schien die Maske des smarten jungen Mannes zu fallen, aber er hatte sich sofort wieder im Griff.

„Wer sagt denn so etwas?", fragte er, bewundernswert beherrscht. Im Gegensatz zu Lukas Neidel, der spätestens jetzt ausgetickt wäre.

„Maxis Mutter", sagte Mike gelassen.

Lars Schürer runzelte die Stirn. „Was? Caroline? Das kann ich nicht glauben." Er sah Marianne an, die ihrerseits nickte.

Dann schüttelte er den Kopf. „Ich weiß jetzt wirklich nicht, was in sie gefahren ist, sicher ist Maxis Tod einfach zu viel für sie. Daher erzählt sie so ein Zeug."

Dann sah er wieder zu Mike. „Um ihre Frage zu beantworten, nein, ich habe weder Geld noch Schmuck von Maxis Mutter genommen."

Dieser nickte, als habe er das gesagte zur Kenntnis genommen.

„Gut", sagte Mike. „Noch einmal zu ihrem Alibi."
Jetzt schüttelte der junge Mann schnaubend den
Kopf. „Also wirklich, Herr Hauptkommissar. Sie
denken allen Ernstes, ich habe Maxi getötet? Sie ha-
ben doch den Täter, ihren aggressiven Lebenspartner.
Ich sage es nicht gern, aber ich habe es kommen se-
hen. Was hätte ich denn tun sollen? Ich konnte Maxi
immer und immer nur wieder warnen, aber sie war
da absolut verblendet."
Mike hatte sich in dem Sessel ziemlich entspannt zu-
rückgelehnt. „Ihr Alibi", erinnerte er jetzt Lars
Schürer, der ihn verwirrt ansah.
„Aber, sie haben doch mit meinen Eltern gesprochen?
Ich habe den Abend mit ihnen, Nanni und Muttis
Schwester und ihrer Familie verbracht."
Dabei öffnete er seine Hände in Richtung Mike.
Dieser war unbeeindruckt. „Geht es bitte etwas präzi-
ser?"
Lars Schürer zog eine leichte Grimmasse, scheinbar
sollte diese ausdrücken das er nun wirklich genervt
war. „Wir haben gegessen, etwas mit Nanni gespielt,
diese dann ins Bett gebracht und zusammengesessen
und geredet. Wollen sie auch noch wissen worüber?"
Mike nahm die Provokation nicht zur Kenntnis.
„Bis weit nach Mitternacht?", fragte er stattdessen.
Marianne befürchtete schon, dass Lars Schürer ganz
zumachen könnte und beugte sich jetzt etwas zu ihm
hin. „Lars, sie sind ein junger Mann. Sie sitzen doch
nicht bis ultimo mit den…nun ja…älteren Herrschaften zusammen."

Dabei lächelte sie gewinnend, was Schürer etwas ge-
künzelt erwiderte. „Naja, es waren ja auch noch
meine beiden Cousinen da", sagte er zögerlich.

„Und wie alt sind die?" Marianne ließ ihn keinen Augenblick aus den Augen und sah, wie er sich zuneh-
mend unwohl zu fühlen schien. „Also?", hakte sie
nach.

„Vierzehn und zwölf", murmelte er leise.

Marianne zog nur die Augenbrauen nach oben und
Mike sagte nichts. Er wusste, wann er zu schweigen
hatte und überließ dieses Terrain seiner Kollegin.
Schließlich setzte sich Lars Schürer aufrecht hin.

„Also gut. Ich war noch einmal weg. Meine Familie
wusste nichts davon. Nachdem die beiden Mädchen
ins Bett sind, habe auch ich mich verabschiedet und
bin in mein altes Zimmer. Das ist noch voll eingerichtet und meinen Laptop habe ich immer dabei. Nanni
schläft immer im Zimmer meiner Eltern, weil ich
Angst habe, ich schlafe zu fest und höre sie nachts
nicht."

Jetzt wurde wieder Mike aktiv und fragte, ehe Marianne etwas sagen konnte.

„Wo waren sie und bei wem?"

Lars Kopf fuhr herum. „Ich habe Maxi nichts getan,
das müssen sie mir glauben, ich…"

„Wo und bei wem? Entweder sie sagen es uns jetzt
oder wir sprechen auf dem Präsidium weiter."

Mikes Geduld war am Ende.

Man sah, wie Lars Schürer sich unter den Blicken der
Beamten geradezu wandte. „Muss ich das wirklich

sagen?", fragte er in Richtung Marianne, von deren mütterlichen Art er sich wohl etwas mehr Verständnis erhoffte. Allerdings nickte diese auch unbeeindruckt. Mit einem Seufzen erhob sich der junge Mann und ging im Zimmer auf und ab. Mike sah Marianne an, die ihm deutete, ruhig zu bleiben. Sie war überzeugt, Lars Schürer würde von allein zur Vernunft kommen.

Nach gut zwei Minuten ließ sich dieser wieder in seinen Sessel fallen und sah Mike an.

„Ich war im Bordell, hier in Plauen", sagte er leise und eine sanfte Röte überzog seine Wangen.

„Na, das ist ja eine Überraschung."

Bogdan Serwowitsch reichte erst Marianne die Hand und dann, etwas zögerlich, Mike. Scheinbar fürchtete er, dass dieser ihm böse sein könnte wegen der Rolle, die er bei Kates Undercovereinsatz gespielt hatte.

Aber Mike klopfte ihm leicht auf den Rücken und spürte, wie erleichtert dieser war.

„Bogdan, wir brauchen deine Hilfe. Bei dir arbeitet eine Ariana?"

Dieser nickte. „Ja, hier im Haus. Hat sie Schwierigkeiten? Ihre Papiere sind in Ordnung und…"

Mike hob die Hand. „Bitte, das musst du nicht betonen, das wissen wir und nein, sie ist nicht in Schwierigkeiten. Wir brauchen sie als Zeugin, wegen eines Kunden."

Bogdan nickte und ging zum Telefon. Dann wandte er sich an die beiden Beamten, die inzwischen Platz genommen hatten. „Sie ist gerade frei und kommt hier her. Ich denke, das ist angenehmer für euch sie hier zu befragen."

Dabei warf er einen kurzen Blick auf Marianne, die innerlich schmunzelte. In diesem Moment klopfte es und eine schlanke, brünette Frau trat ein, in T-Shirt und Jeans gekleidet. Sie sah Bogdan fragend an.

Der deutete auf seine Gäste. „Das sind Hauptkommissar Köhler und Kommissarin Jäger. Sie möchten dir nur eine Frage stellen."

Die junge Frau lächelte die beiden Beamten

entspannt an. „Wenn ich helfen kann?", sagte sie in sehr gutem Deutsch, aus dem nur ein kleiner osteuropäischer Akzent hörbar war.

Mike zückte sein Smartphone und zeigte der jungen Frau das Bild von Lars Schürer. „Kennen sie diesen Mann?"

Die junge Frau nickte. „Ja, das ist Lars. Er ist ein Stammkunde, sehr nett. Er hat eine kleine Tochter, von der erzählt er manchmal."

Mike war erstaunt, das hatte er jetzt nicht erwartet.

„Können sie sich erinnern, wann er das letzte Mal hier war?"

„Es war am ersten Weihnachtstag. Er kam vor Mitternacht, vielleicht kurz nach elf Uhr und ist kurz vor zwei Uhr weg, das weiß ich, weil er sagte, es soll schneien und er will noch zu seinen Eltern nach Elsterberg zurück. Das weiß ich auch deshalb so genau, weil dann gegen drei ein richtiger Schneesturm losbrach, so etwas kannte ich nur von zu Hause. Da dachte ich noch, nur gut er ist bald genug aufgebrochen."

Mike wechselte mit Marianne einen Blick. Das war das perfekte Alibi.

Diese sah die junge Frau an. „Sie mögen Lars, nicht wahr?"

Die nickte. „Ja, er ist nett. Aber er liebt immer noch seine Freundin, die Mutti seiner kleinen Tochter. Darum kommt er wohl auch zu mir."

Jetzt fiel auch Marianne die Ähnlichkeit zwischen der jungen Frau und Maxi Krüger auf.

„Danke", sagte sie und die junge Frau ging mit einem Nicken hin zu Bogdan, der sich inzwischen an seinen Schreibtisch zurückgezogen hatte.

Mike und Marianne verabschiedeten sich.

„Glaubst du ihr?", fragte Mike.

Marianne nickte. „Ja, auch wenn sie ihn vielleicht wirklich mag, er ist ihr Kunde und sie würde ihm kein falsches Alibi geben. Außerdem antwortete sie auch nicht, als habe sie einen gelernten Text zitiert. Nein. Lars Schürer ist vom Haken."

„Wieder eine Spur ins Nichts", murmelte Mike beim Hinausgehen frustriert.

Kate sah Mike über den Rand ihrer Kaffeetasse an. Sie saßen in der Küche und er hatte ihr eben, sichtlich frustriert, eine Zusammenfassung der Ereignisse gegeben.

Er war unheimlich froh eine Frau wie Kate zu haben, die nicht nur Verständnis dafür hatte, das ihn ein Fall auch nach Feierabend nicht losließ, sondern diesen auch reflektierte und ihm manchmal eine ganz andere Sicht eröffnete. In solchen Situationen war sie wieder ganz die FBI-Agentin, die irgendwie nie ihre Dienstmarke richtig abgegeben hatte, wie sie manchmal scherzhaft sagte.

„Die ganze Spur mit Lars Schürer verlief ins Nichts", endete Mike.

Kate stellte ihre Kaffeetasse ab. „Seh es einmal anders. Immerhin haben wir etwas erfahren, was wir bisher völlig außer Acht gelassen haben."

Mike sah sie fragend an.

„Das Wetter", sagte sie. Fast hätte sie über seinen Gesichtsausdruck gelacht.

„Das Wetter?", wiederholte er verdutzt. „Es lag meterweise Schnee und war saukalt", ergänzte er. „Alles kam zum Erliegen und ich weiß noch, als ich früh…"

Er verstummte, weil Kate die Hand hob. „Alles richtig. Aber wann? Wann setzte der Schneefall ein? Bisher sind wir davon ausgegangen, dass das Grundstück von Maxi Krüger nur sehr schwer bis gar nicht erreichbar war. Sicher, aber ab wann?"

Mike nickte. „Natürlich. Das hat diese Ariana gesagt, dass es einen Schneesturm gab, wie sie ihn nur von sich zu Hause kennt, aber nicht hier bei uns."

Kate lächelte ihn an. „Was die Wilde Jagd erklärt, das Brausen in der Luft. Das war ein Schneesturm, wahrscheinlich ziemlich lokal und heftig."

Sie stand auf und ging noch einmal zur Kaffeemaschine. „Vorher lag Schnee, aber nicht in dieser Masse. Also konnte jeder noch um Mitternacht relativ einfach auf Maxis Grundstück gelangen. Wer immer es war, hatte nicht die Absicht sie zu töten. Es gab einen Streit und Maxi lief aus dem Haus, denn die Haustüre stand ja offen. Der Täter hatte sich dieses Nudelholz gegriffen, vielleicht kannte er es, vielleicht war es Zufall. Maxi wollte eventuell zu Jutta laufen, da hat der Täter sie eingeholt und ihr auf den Kopf geschlagen. Das Nudelholz hat er mitgenommen und ist weggelaufen, vielleicht in Panik. Maxi war bewusstlos und ist aufgrund der niedrigen Temperaturen erfroren."

Kate ging mit ihrer erneut gefüllten Kaffeetasse wieder zum Tisch und setzte sich Mike gegenüber.

„Gegen drei, kurz vor dem Sturm, kam Robin Feldmann, was immer auch sein Motiv war. Er fand Maxi auf dem Wäscheplatz liegend vor. Er erkannte das sie tot war, er studierte ja schließlich Medizin. Das hat ihn sicherlich fast zu Tode erschreckt den Gegenstand seiner…ich sage mal, Verehrung, so aufzufinden. So konnte und wollte er sie nicht liegen lassen. Aber für sie kam jede Hilfe zu spät und er hatte vielleicht Angst, selbst in Verdacht zu geraten, also nahm er ein Bettlaken und deckte sie zu. Ob dabei die

Wäscheleine gerissen ist oder später im Sturm, das ist egal. Jedenfalls ging jetzt der Sturm los, Robin, der diese Legende von der Wilden Jagd kannte und sicher glaubte, rannte panisch los, dabei knallte die Hintertür zu. Das war es, was Jutta gehört hat."

Mike lehnte sich zurück und fuhr sich mit beiden Händen durch sein Gesicht. Er sah müde aus und sein Bart zeichnete sich deutlich ab. Er brauchte dringend eine Rasur, eine Dusche und ein Bett.

„Gut. Jetzt haben wir den Tathergang, aber keinen Täter. Alle haben ein Alibi."

Kate trat hinter Mike und legte ihre Arme um ihn.

„Leg dich etwas aufs Ohr, so kannst du nicht mehr denken."

Er sah zu ihr auf, nahm ihre Hand, führte sie an seine Lippen. „Du bist nicht böse, wenn du allein zu Abend essen musst?"

Sie lachte. „Muss ich das? Ich habe liebe Nachbarn. Mach dir da keine Gedanken. Ab ins Bett."

„Ich bitte um Asyl."

Kate war nur schnell, in Jeans und Sweetshirt und in einen dicken Schal gehüllt, über die Straße geeilt und Omar starrte sie verwundert an. Dann schloss er sie in seine bekannt bärenhafte Umarmung.

„Es sei gewährt", sagte er pathetisch und spähte hinter sie. „Und dein Ehegemahl?"

„Den habe ich ins Bett gesteckt, er kann ja eh keinen klaren Gedanken mehr fassen, so wenig, wie er die letzten Tage geschlafen hat."

Omar nahm ihr den Schal ab. „Das war auch absolut nötig, meine Liebe, so gereizt wie er in letzter Zeit ist." Dann zog er sie ins Wohnzimmer „Franz, Emma, schaut mal, wen ich mitgebracht habe."

„Tata Ka, Tata Ka."

Die schwarzlockige Emma stieß ihren Bruder beherzt zur Seite, um schneller bei der geliebten Patentante zu sein, was Franz aus dem Gleichgewicht brachte und er kopfüber auf das Parkett knallte. Emma schaute sich nicht mal nach dem spontan einsetzenden Brüllen um und umklammerte fest Kates rechtes Bein.

„Tata Ka", sagte sie und grinste sie breit an.

Omar hatte sich Franz erbarmt, nahm ihn hoch und reichte ihn Kate, die ihn fest an sich presste und vorsichtig auf die Stirn pustete.

„Heile, heile Kätzchen, ist alles wieder gut", sang sie leise und Franz verstummte, hickste noch zwei Mal und kuschelte sich fest an Kates Hals. Wütend malträtierter Emma derweil ihr Bein.

„Auch, auch", begann sie zu brüllen und streckte die Hände nach oben, geriet dabei aus dem Takt und plumpste auf ihr gut verpacktes Hinterteil.

„Was ist denn das für ein Gebrülle?"

Jasmin kam die Treppe herunter und stockte.

„Aha, Tata Ka ist da, ich hätte es mir denken können."

Emma, um deren großen Schmerz sich niemand zu kümmern schien, robbte auf ihre Mutter zu.

„Mama", rief sie so herzzerreißend, das Kate schon lachen musste.

„Ach ja, jetzt ist die Mama die Gute? Na, komm her, meine Große. Zeit fürs Bettchen."

Jasmin schwenkte sie durch die Luft, was ein kreischendes Lachen nach sich zog. Franz klammerte sich derweil noch fester an Kate, die mit ihm Jasmin folgte. „Onkel Maik liegt auch schon im Bettchen", sagte sie.

„Ondel Mi", murmelte Franz, selig auf seinem Daumen kauend, denn er hatte Mike besonders in sein Herz geschlossen.

Nachdem die Beiden in ihren Schlafanzügen steckten, gab es noch ein Gute-Nacht-Lied und eine Küsschenrunde, dann machte Jasmin das Schlummerlicht an und während ihr Bruder bereits eingeschlafen war, kämpfte Emma, wenn auch erfolglos, gegen die Müdigkeit.

Langsam schloss Jasmin die Tür und lehnte sich dagegen. „Ich liebe die beiden Schätzchen sehr, aber ich sehne den Tag herbei, an dem sie mich nicht mehr rund um die Uhr beschäftigen.

Mitfühlend sah Kate sie an. Scheinbar war sie heute von chronisch übermüdeten Menschen umgeben, auch Omar machte nicht gerade einen wachen Eindruck. „Ich wollte euch wirklich nicht stören, aber…"

„Quatsch", unterbrach sie Jasmin in ihrer direkten Art. „Nachdem die Raubtiere gefüttert sind und schlafen, gehen wir zum gemütlichen Teil über und ich bin froh, mich einmal nicht über Windeln oder Bauchwehtees zu unterhalten."

Sie hakte sich bei Kate ein und gemeinsam gingen sie nach unten.

„Ich habe schon eingedeckt", rief Omar und deutete in das kleine Esszimmer.

„Na deswegen bin ich nicht gekommen", wollte Kate abwehren, als Omar laut auflachte. „Ja klar, du gehst hungrig aus unserem Haus, das wäre etwas ganz Neues. Los jetzt."

Wie immer hatte Omar sich selbst übertroffen und während sich Jasmin eine Teigtasche in den Mund steckte, sagte sie: „Ich bin ein undankbares Frauenzimmer. Da beklage ich mich, dabei habe ich einen wundervollen Ehemann, dessen Kochkünste nichts an Wünschen offenlassen und eine Familie im Hintergrund, die immer für mich da ist."

Damit meinte sie natürlich ihre Schwiegereltern sowie ihre Schwägerinnen, die sich bei der Betreuung der Zwillinge regelmäßig abwechselten, auch um Jasmin eine Auszeit zu gönnen.

„Hast du dich bei Kate beklagt?", fragte Omar und

gab ihr einen Kuss auf die Wange, während er das Dessert servierte.

„Beklagt ist zu viel gesagt, sie freut sich nur, wenn Emma und Franz alt genug sind, um sie nicht permanent zu brauchen", warf Kate ein und angelte sich eines der Baklava, während Omar den Tee eingoss. Dabei lachte er auf. „Dem kann ich nur Einhundert Prozent zustimmen. Ich bin schon froh, wenn endlich alle Zähne bei den beiden Mäusen da sind und wir einmal eine Nacht wieder durchschlafen können."

Dann machte er eine Bewegung mit der Hand.

„So, Schluss mit Jammern. Bring uns mal auf den neusten Stand im Fall Maxi Krüger."

Nachdem Kate geendet hatte, sah Omar sie kopfschüttelnd an. „Das ist ja dieses Mal wirklich ein überaus komplizierter Fall. Alle potenziellen Verdächtigen haben ein Alibi und wie eine Zufallstat sieht es ja nun wirklich nicht aus, zumal Karsten ja auch festgestellt hat, dass keinerlei Wertsachen fehlen."

Kate nickte nachdenklich. „Zumindest konnten wir das Phänomen der Wilden Jagd klären", sagte sie nach einer Weile und lächelte etwas. „Daran ist besonders Mike gelegen."

Jetzt musste auch Omar grinsen. „Ja, mit dem Mystischen hat er es nicht so, unser guter Herr Hauptkommissar." Dann wurde er ernst. „Also, spurentechnisch hat Karsten nichts Neues, was aber nichts heißen soll. Sie werten ja immer noch aus. Im Übrigen, Robin Feldmann war tatsächlich im Haus und auch in dem Schuppen, das hat Karsten zweifelsfrei nachgewiesen."

Kate trank noch einen Schluck Tee. „Aber er hat Maxi Krüger nicht getötet."

Jasmin hatte noch einmal nach den Kindern gesehen und gesellte sich erst jetzt wieder zu ihnen. Sie hatte vorhin schweigend zugehört, aber Kate wusste, dass sie bereits im Kopf einige mögliche Kombinationen hergestellt hatte. Darum sah sie sie jetzt interessiert an.

„Wisst ihr, was ich mir die ganze Zeit überlege? Was sollte denn die Geschichte mit den Wertsachen von Maxi Krügers Mutter, die angeblich Maxis Lebensgefährte gestohlen haben soll und jetzt seid ihr überzeugt, es war Lars?"

„Naja", sagte Kate gedehnt. „Damit wollte er Maxis Lebensgefährten in Misskredit bringen, er hat ja noch starke Gefühle für sie. Vielleicht hat er wirklich gehofft, sie kommt zu ihm zurück."

Jasmin runzelte die Stirn. „Reichlich plump, findet ihr nicht? Ich denke, das ist eine Spur, die man noch einmal verfolgen sollte."

Kate nickte langsam. „Zumal es derzeit wohl die einzige Spur ist." Seufzend trank sie ihren Tee aus und erhob sich. „Ich danke euch, aber ich sollte jetzt gehen, ihr zwei seht so aus, als könntet ihr dringend etwas Schlaf brauchen."

Noch ehe Omar etwas sagen konnte, drang ein leises Weinen aus dem Babyphone, das sich sehr schnell zu einem doppelstimmigen Brüllen steigerte.

Jasmin erhob sich, aber Kate legte ihr die Hand auf den Arm. „So, ihr zwei, wozu gibt es eine Patentante? Ich kümmere mich heute Nacht um die beiden Schreihälse und ihr zwei verschwindet im Bett."

Omar hob beide Hände. „Das können wir nicht..."

Kate maß ihn mit ihrem FBI-Blick, wie Mike ihn nannte und der Pathologe knickte ein.

„Na dann, viel Spaß", sagte er und breitete die Arme aus. „Das Haus gehört dir. Falls du Kaffee brauchst, es ist alles vorhanden."

Jasmin schüttelte lächelnd den Kopf. „Ich gebe dir ein Schlafshirt von mir. Bei den Zwillingen steht ja eine Liege im Zimmer, falls Ruhe einkehrt, leg dich ruhig zu ihnen."

Gemeinsam ging sie mit Kate nach oben. Diese trat zuerst in das Kinderzimmer. „Was ist denn hier los?", fragte sie und aus dem Brüllen wurde ein begeistertes: „Tata Ka, Tata Ka."

„Aber jetzt ist Ruhe, dann legt sich Tante Kate mit zu euch und singt ein Schlaflied."

Sofort trat Ruhe ein und Jasmin schüttelte den Kopf. „Na, dann viel Spaß", sagte sie und umarmte Kate. „Wenn was ist, hol' mich", sagte sie.

Eine halbe Stunde später standen sie und Omar an der Treppe und lauschten Kates *Schlafe mein Kindchen, schlaf ein,* das leise aus dem Kinderzimmer tönte.

„Franz und Emma haben die beste Patentante, die sie bekommen konnten", sagte Omar, sichtlich gerührt, der diese Seite an Kate noch nicht kannte.

Jasmin nickte und legte ihren Arm um ihn.

„Und wir die besten Freunde. Komm, nutzen wir die Zeit für ein paar Stunden Schlaf."

Kapitel 14- 8. Januar

Kate erwachte und spürte einen warmen, weichen Gegenstand an ihrer Seite. Langsam öffnete sie die Augen und sah, dass Emma irgendwie aus dem Bett geklettert und auf ihre Liege gekrochen war, ohne sie aufzuwecken. Jetzt lag sie ganz fest an Kate gekuschelt, den Daumen im Mund und schlief.

Kate musste lächeln. „Nur gut, ich habe keine Kinder, die würden verschwinden, ohne dass ich es merke", dachte sie und versuchte, langsam ihren Arm unter dem warmen kleinen Körper herauszuziehen.

Jetzt öffnete sich die Kinderzimmertür und Fatima Amri, Omars Mutter, blickte um die Ecke. Als sie Kate mit Emma sah, lächelte sie und deutete nach draußen. Kate stieg vorsichtig von der Liege, deckte Emma zu und ging hinaus auf den Flur.

„Guten Morgen", murmelte sie und ging in Jasmins Schlafshirt ins Bad, wo sie ihre Anziehsachen liegen hatte.

Zehn Minuten später kam sie, frisch geduscht und fertig bekleidet nach unten, wo ihr der Duft von Kaffee und frischen Brötchen in die Nase stieg.

Sie hörte gerade noch, wie Omars Mutter diesen mit Vorwürfen überhäufte. „Katherina hat einen anstrengenden Beruf und muss jetzt noch nachts eure Kinder hüten, das ist unverantwortlich, dazu ist eine Familie da."

„Aber es sind meine Patenkinder und da ist es das Mindeste, was ich tun kann, zumal ich mit einem fantastischen Frühstück belohnt werde", sagte Kate, die gerade in das Wohnzimmer kam und am Frühstückstisch Platz nahm.

Triumphierend grinste Omar seine Mutter an.

Diese legte Kate eine Hand auf die Schulter und streichelte sie sanft. Dann sah sie ihren Sohn kopfschüttelnd an. „Wie dem auch sei, wir nehmen dann Emma und Franz mit, da könnt ihr euch heute und morgen noch ein bisschen erholen", sagte sie und ihr Ton duldete keinen Widerspruch.

Als Kate nach Hause zurückkehrte, war Mike bereits auf Arbeit. Er hatte ihr einen Zettel hinterlassen.
Habe wunderbar geschlafen, ich hoffe, du auch. Bis Abend.
Darunter ein kleiner Smiley.
Kate lächelte und sah hinüber zu Omars und Jasmins Haus, wo Emma und Franz gerade in das Auto ihrer Großeltern geladen wurden. So gern sie die beiden Süßen hatte, war sie jetzt doch froh, sich wieder auf sich konzentrieren zu können.
In einer halben Stunde würde sie auch in Richtung Büro aufbrechen. Als drüben das Auto unter lautem Hupen abfuhr, musste sie unwillkürlich an die kleine Nanni denken, die nun ohne Mutter aufwachsen würde. Natürlich hatte sie noch ihren Vater und die Großeltern und eine Oma, also Maxis Mutter, auf die aber Lars Schürer wohl nicht mehr so gut zu sprechen zu sein schien. Würde sie jemals Kontakt zu ihrer Enkeltochter haben?
Irgendetwas störte sie an der ganzen Sache, ohne dass sie es konkret benennen konnte. Bisher waren alle ziemlich ratlos, zu Motiv und Täter, zumal alle potenziellen Täter ein hieb- und stichfestes Alibi hatten. Kate fuhr sich mit der Hand über die Stirn. Was war es, was sie störte und ihr nicht klar werden wollte?
Entschlossen zog sie sich an. Am besten, sie ging in ihr Büro und dann würde es ihr vielleicht doch noch einfallen.

„Wir sind ja immer davon ausgegangen, dass es eine
Beziehungstat war. Aber vielleicht war Maxi Krüger
wirklich ein Zufallsopfer? Welche Spuren konntet ihr
denn finden?", fragte Mike Karsten Windisch, den
Leiter der Spurensicherung, bei der Morgenbesprechung.

Dieser sah von seinem Laptop auf. „Also, anhand des
möglichen Tatherganges, wie ihr es uns geschildert
habt, habe ich erst noch einmal das Wetter in dieser
Nacht checken lassen. Es gab wirklich so eine Art Minitornado, keine Ahnung wie Wetterexperten das
nennen, über Reißig. Damit macht die *Wilde Jagd* von
Jutta Günther akustisch zumindest Sinn."

Er grinste breit, was ihm ein Kopfschütteln von Omar
einbrachte.

Karsten zuckte die Schultern in Richtung des Pathologen. „Was denn? Sie hat ja damit angefangen. Fazit
haben wir jetzt dafür einen Beweis, wenn auch nicht
so, wie sie ihn gerne hätte."

„Mach weiter", unterbrach ihn Omar genervt.

„Also, wenn wir davon ausgehen, dass sich der Täter
im Haus aufgehalten hat, ist er mit Gewissheit Maxi
Krüger nach draußen gefolgt und hat sie dort niedergeschlagen."

Karsten Windisch sah zu Omar, der seinerseits
nickte.

„Ein Schlag." Dann lehnte er sich zurück. „Ich denke,
es gab einen Streit, Maxi lief aus dem Haus, der Täter
hat sich das Nudelholz gegriffen, ist ihr nach und als
sie vielleicht schreien wollte, hat er zugeschlagen.

Damit ziehe ich eine Zufallstat eher weniger in Betracht. Schaut doch mal, wenn ein Zufallstäter etwas gesucht hätte, dann wäre er auf die Drogen und das Bargeld gestoßen. Nein, das war eine Beziehungstat." Er vollführte eine unterstreichende Bewegung.

Mike klopfte mit den Fingerspitzen auf die Schreibtischplatte. „Das alles wissen wir schon. Was uns fehlt ist weniger das Motiv, sondern ein Täter. Alle haben ein Alibi, und zwar ein ziemlich wasserdichtes." Er sah zu Marianne Jäger. „Ich muss Gebhardt reinen Wein einschenken, er hat sich so auf Lukas Neidel eingeschossen, das wird mit Sicherheit nicht einfach."

Omar blies die Wangen auf und sah Mike mitleidig an. „Na, in deiner Haut will ich da auch nicht stecken", sagte er, was Mike mit einem fatalistischen Grinsen abtat.

„Naja, was soll`s. Aber Karsten, welche Spuren konntet ihr denn nun im Haus sichern?"

Der breitete die Arme aus. „Mike, da waren die Feiertage dazwischen, alles läuft auf halber Kraft."

„Dann macht jetzt hin, heute ist der 8. Januar, mein Gott."

Der Leiter der Spurensicherung runzelte die Stirn. „Kein Grund pampig zu werden", murmelte er und nickte dann. „Ja, ich mache Druck."

Damit erhob er sich, klopfte kurz auf den Tisch und ging hinaus. „Deswegen haben wir immer noch keinen Täter", sagte Marianne leise und Mike atmete tief ein und aus. „Ja, ich weiß. Ich geh jetzt zu Gebhardt."

„Herr Hauptkommissar, habe ich das jetzt richtig verstanden. Ihre Frau hat sich undercover mit diesem Drogendealer getroffen, dessen Namen und Aufenthaltsort sie nicht kennt und der hat Lukas Neidel ein Alibi für die Tatzeit gegeben und ihr außerdem versichert, selbst nichts mit der Tat zu tun zu haben?"

Staatsanwalt Doktor Gebhardt stand mit dem Rücken zum Fenster seines Büros und musterte Mike, der vor seinem Schreibtisch saß.

Dieser fühlte sich mehr als unwohl in seiner Haut, musste aber zugeben, dass der Staatsanwalt seine Erklärung ziemlich gut zusammengefasst hatte. Deshalb nickte er lediglich, da er überzeugt war, eine längere Ausführung wäre jetzt eher kontraproduktiv.

„Hm", machte Gebhardt und ging im Raum auf und ab. Vor Mike blieb er schließlich stehen.

„Wissen sie, Herr Hauptkommissar, ich schätze Frau Schulz sehr und auch ihren fundierten Erfahrungsschatz, aber manchmal schießt sie eindeutig über das Ziel hinaus und das ist jetzt geschehen."

Mike sah ihm an, dass er sich nur mühsam beherrschte nicht loszubrüllen. Irgendwie konnte er ihn sogar verstehen. Da er nichts sagte, nahm der Staatsanwalt seine Wanderung durch sein Büro wieder auf.

„Und jetzt soll ich gegen diesen Neidel keine Anklage erheben, weil…"

Mike hob die Hand. „Herr Staatsanwalt, alles, was ich möchte, ist noch etwas Zeit. Neidel sitzt in Haft, allein wegen der Drogengeschichte wird er gewiss zu einer höheren Haftstrafe verurteilt, oder?"

Gebhardt nickte.

„Also, wenn die Aussage dieses Arabers, wie er sich nennt, stimmt und Kate tendiert dazu, dass er die Wahrheit gesagt hat, dann ist Lukas Neidel nicht der Mörder von Maxi Krüger und es ist auch kein Vergeltungsschlag unter Drogendealern."

Gebhardt wollte etwas sagen, aber Mike ließ ihn nicht zu Wort kommen, sondern stand ebenfalls auf.

„Das bedeutet im Umkehrschluss, Herr Doktor Gebhardt, da draußen läuft noch immer ein Mörder herum."

Der Staatsanwalt stand ihm jetzt gegenüber und sah ihn lange an. Dann nickte er, sichtlich widerwillig.

„Sie haben recht, Herr Köhler. Trotzdem kann ich das Verhalten ihrer Frau nicht gutheißen," setzte er nach, aber Mike schüttelte langsam den Kopf.

„Ich war ebenfalls nicht gerade begeistert, als ich es erfahren habe. Aber ohne sie wären wir noch immer auf der falschen Spur und vielleicht war das auch der Plan des Täters?"

Gebhardt ging langsam hinter seinen Schreibtisch und setzte sich. Er holte tief Luft. „Dann sehen sie zu, dass dieser Plan nicht aufgeht, Herr Hauptkommissar und bringen sie mir endlich einen Täter." Als Mike schon an der Tür war, sagte Gebhardt leise.

„Viele Grüße an Frau Schulz und ich weiß, dass die Tatortbegehung mit Herrn Neidel auch ihre Idee war."

Mike antwortete nichts, war aber froh, dass Gebhardt nicht sein Gesicht sehen konnte.

„Kate, ich kann Gebhardt nicht sagen, dass du nochmal mit Neidel sprechen willst. Er ist schon so auf einhundertachtzig wegen deines Treffs mit diesem ominösen Araber."

Mike sah Kate an, die ihrerseits in seinem Büro auf und ab tigerte. „Mike, ich sage das nicht aus Jux und Dudeldei. Bitte."

Dieser seufzte auf. „Willst du mir nicht sagen, warum?"

Kate blieb vor ihm stehen. „Kannst du mir bitte vertrauen?"

Er drehte etwas die Augen nach oben. Dann nickte er. „Das tue ich ja, aber…"

„Gebhardt, ich weiß", unterbrach sie ihn. „Aber ich habe eine andere Idee. Lass ihn zur Befragung herbringen und wenn er da ist, gibst du mir ein paar Minuten."

Mike stieß geräuschvoll die Luft aus und trommelte mit den Fingern auf die Tischplatte. „Wenn das herauskommt. Dann…"

„War ich die längste Zeit externe Beraterin, ich weiß," unterbrach sie ihn wieder und sah ihn eindringlich an. Schließlich nickte er und griff zum Telefon.

„Wenn mir das ein Disziplinarverfahren einbringt…"

„Bekommst du einen guten Job bei Schulz Security", beendete Kate seine Ausführungen und küsste ihn auf die Wange.

„Frau Schulz?", fragte Lukas Neidel sichtlich irritiert, als diese statt der erwarteten Beamten in das Vernehmungszimmer trat.

Kate nickte, reichte ihm die Hand und setzte sich ihm gegenüber. „Wenn sie nicht mit mir reden wollen, ist das okay", wies sie ihn noch einmal auf die ungewöhnliche Situation hin. „Ich kann im Übrigen ihr Alibi bestätigen."

Lukas Neidels Augen wurden groß. „Was, sie waren…?" Er brach ab, als Kate nickte.

„Wie und wann kann ihnen egal sein, aber er hat ihr Alibi bestätigt."

Lukas deutete mit dem Kopf zur Tür. „Und die Bull…ähm, der Hauptkommissar glaubt das?"

Kate grinste etwas, dann nickte sie wieder.

Neidel lehnte sich zurück. „Danke", sagte er, sichtlich verlegen, dann sah er Kate an. „Also, wenn sie etwas wissen wollen."

Diese beugte sich etwas nach vorn. „Sagen sie, Lukas. Wie war das Verhältnis von Maxi zu Lars Schürer, er ist ja immerhin der Vater von Nanni?"

Scheinbar war Neidel auf diese Frage nicht gefasst. Er runzelte die Stirn, schien dann aber nachzudenken.

„Naja, schon wegen Nanni hat sie sich immer um ein gutes Verhältnis bemüht, aber seit der Sache mit dem angeblichen Diebstahl von Caros Sachen, danach war der Wurm drin." Kate verstand. Es ging darum, dass Lars Lukas beschuldigt hatte, von Maxis Mutter

Sachen gestohlen zu haben, während er es selbst war und diese in Maxis Haus deponiert hatte, um Lukas bei Maxi anzuschwärzen. Neidel öffnete seine Hände. „Es war ja nicht das Einzige. Laufend war etwas anderes. Lars oder seine Eltern behaupteten, ich sei kriminell und würde Maxi misshandeln und auch Nanni, so ein Quatsch."

Kate sah ihn mit zur Seite geneigtem Kopf an.

„Naja, das mit dem kriminell stimmt ja", sagte sie und Neidel nickte zögernd.

„Ja, aber ich habe Maxi nie geschlagen und schon gar nicht die Kleine. Das müssen sie mir glauben."

Er klang fast flehentlich und Kate erinnerte sich, was Maxi Krügers Mutter über ihn gesagt hatte. Er sei im Grunde seines Herzens ein guter Kerl, der einfach den falschen Umgang hatte.

„Ich glaube ihnen", sagte sie schlicht und hörte, wie Neidel ausatmete.

„Sagen sie, hat Lars Schürer das Jugendamt eingeschaltet?", fragte sie und Neidel zuckte die Schultern.

„Darüber hat Maxi nicht gesprochen. Wissen sie, sie wollte immer alles selbst klären, so war sie."

Er verstummte und zog geräuschvoll die Nase hoch.

Kate sah, dass das keine Show war, Lukas Neidel hatte Maxi wirklich geliebt.

„Gut", sagte Kate. „Oder auch nicht", dachte sie und erhob sich. Verständnislos sah Neidel sie an.

„Das war`s?", fragte er ungläubig und sie nickte.

„Von meiner Seite, ja. Hauptkommissar Köhler wird noch mit ihnen sprechen."

„Frau Schulz, selbst wenn ich es wollte, ich darf nicht mit ihnen über den Sachverhalt sprechen."

Karina Büchner, die Leiterin des Jugendamtes, war eine attraktive Frau in den Fünfzigern, die sich schweigend Kates Anliegen angehört hatte.

Diese holte tief Luft und legte die Fingerspitzen aneinander. „Gut, Frau Büchner. Das verstehe ich. Aber dürfte ich ihnen einige hypothetische Fragen stellen?"

Die Leiterin des Jugendamtes sah sie zunächst verwirrt an, dann nickte sie etwas.

„Hypothetisch, so, so. Na, dann, bitte."

Sie lehnte sich zurück und musterte Kate mit einem eindringlichen Blick.

„Nehmen wir an, eine Frau würde mit einem Mann zusammenleben, der kriminelle Handlungen begeht, sie schlägt und auch ihr Kind. Hätte der leibliche Vater die Chance, das Sorgerecht zu erhalten, hypothetisch betrachtet?"

Die Leiterin des Jugendamtes lächelte etwas. Dann wurde sie ernst. „Wenn es sich um eine bewiesene Kindswohlgefährdung handelte, wären die Chancen zumindest nicht schlecht. Aber so einfach ist das nicht. Dazu müssen schon eindeutige Beweise vorliegen."

Kate nickte. „Aber sie würden, hypothetisch, die Sache im Auge behalten?"

Wieder nickte die Leiterin des Jugendamtes.

Kate erhob sich. „Dann bedanke ich mich bei ihnen", sagte sie und reichte Karina Büchner die Hand.

Bei Schulz-Security war es heute verhältnismäßig ruhig. Matt und die anderen Jungs hatten fast alle frei, da sie über Silvester und Neujahr gearbeitet hatten und da hatte sich ein ziemliches Stundenkonto aufgebaut, das sie jetzt abfeierten.

Holger war nach Ägypten geflogen und Matt auf dem Weg in die Staaten.

Chris, ihr rühriger Stellvertreter, war über der neuen Planung und Maria bei der Abrechnung.

Kate stand am Fenster und sah auf die Neundorferstraße. Die weiße Pracht, oder vielmehr die Schneemassen, die Plauen fast in die Knie gezwungen hatten, begannen langsam zu tauen und überall war Matsch, der nachts allerdings gefror. Das machte das Laufen auch nicht gerade einfacher.

Sie wandte sich ab und hörte, wie Maria mit Steven scherzte, der gerade gekommen war. Unwillkürlich musste sie lächeln und war sich wieder einmal bewusst, was sie doch für ein tolles Team hatte.

Es klopfte und Steven steckte den Kopf um die Ecke.

„Hallo, Chefin. Du wolltest mich sprechen?"

Kate nickte und deutete ihm die Tür zu schließen.

Dann setzten sie sich an den kleinen Tisch in der Nähe des Fensters, wo immer Getränke bereitstanden. Steven legte seinen Laptop ab, mit dem er, wie Kate öfter scherzhaft bemerkte, sicher verwachsen war.

„Also, wo drückt der Schuh?", fragte er und nahm

sich ein stilles Mineralwasser. Kate atmete tief ein.

„Es ist ein wenig heikel und ich habe lange hin und her überlegt, ob ich dich darum bitte."

Steven riss gespielt weit die Augen auf. „Ich soll mich also doch ins Pentagon einhacken?", fragte er und Kate schraubte die Augen nach oben.

Er grinste. „Also raus mit der Sprache. Ich kann nicht mehr als nein sagen."

Sie seufzte und nahm sich auch ein Mineralwasser. Während sie langsam den Verschluss aufdrehte, atmete sie entschlossen aus. „Es geht darum, ob du dich in eine Behörde einhacken kannst."

Steven öffnete die Hände in ihre Richtung. „Prinzipiell ja."

Sie nickte. „Gut. Es geht um eine Akte im Jugendamt. Die dortige Leiterin gibt mir, was ja auch irgendwie verständlich ist, keine Auskünfte."

Steven zuckte die Schultern. „Das ist nun wirklich keine große Herausforderung, aber warum geht Mike nicht den offiziellen Weg?"

Als Kate nicht antwortete, zog er eine Augenbraue nach oben. „Ach, er weiß nichts davon."

Sie seufzte. „Ja. Er müsste über Gebhardt gehen und der ist zurzeit, um es einmal harmlos zu formulieren, nicht mein größter Fan." Erklärend erzählte sie ihm die Begegnung mit dem Araber.

Steven stieß einen anerkennenden Pfiff aus. „Mein lieber Scholli, da kann ich verstehen, dass Mike sauer war und Gebhardt auch. Dann lass mich mal machen. Heute Abend hast du eine Abschrift der Akte."

„Will ich wissen, wie du an die Informationen gekommen bist?", fragte Mike, nachdem er die Ausdrucke gelesen hatte, die Kate ihm auf den Küchentisch gelegt hatte.

Sie sah ihn schweigend an und er seufzte. „Natürlich nicht, das kann ich mir denken."

Sie setzte sich ihm gegenüber. „Hättest du eine offizielle Akteneinsicht über Gebhardts Tisch bekommen, ja oder nein?"

Mike schüttelte den Kopf. „Nein und das weißt du auch." Er breitete die verschiedenen Blätter aus.

„Also, hier haben wir einmal die Angaben von Lars Schürer über den angeblichen Diebstahl der Wertgegenstände von Maxis Mutter durch Lukas Neidel." Dann deutete er auf den anderen Stapel. „Und hier zig anonyme Hinweise über Neidels Aktivitäten. Den muss ja jemand regelrecht überwacht haben."

Kate nickte. „Der Gedanke ist mir auch schon gekommen. Dazu ist mir Robin Feldmann eingefallen, aber dann habe ich es wieder verworfen."

Kate setzte sich Mike gegenüber und fuhr mit dem Finger über die Ausdrucke. „Hier wird Neidel beschuldigt, Maxi geschlagen zu haben, mehrfach und auch Nanni."

Mike sah sie an. „Aber das glaubst du nicht?"

Langsam schüttelte sie den Kopf. „Nein. Ich habe mich mit Neidel unterhalten und er hat mich nicht belogen. Er mag ein Dealer sein und es auch sonst mit dem Gesetz nicht so genau nehmen, aber er hat Maxi nicht angerührt und die Kleine schon gar nicht."

Mike glaubte ihr, immerhin hatte Kate jahrelange Erfahrung mit Befragungen, es war schwer, sie zu täuschen. Schließlich nickte er.

„Ja. Außerdem, was wir bisher über Maxi Krüger gehört haben, hätte sie sich unter Garantie von Neidel getrennt. Wenn schon nicht wegen sich selbst, so doch wegen ihrer Tochter."

Kate ergriff den Stapel Zettel. „Wobei wir wieder bei Robin Feldmann wären. Ich glaube nicht, dass er der Typ für solche bizarren Anschuldigungen gewesen wäre."

Mike gab ihr recht. Der junge Mann mochte Maxi gestalkt haben, vielleicht nur um ihr nahe zu sein, aber ein Lügengebäude zu konstruieren, dazu hielt auch er ihn nicht für fähig.

Er starrte auf die Zettel in Kates Hand. „Jutta Günther?"

Kate lachte auf. „Jutta? Niemals, da bin ich mir sicher." Als Mike nichts erwiderte, legte sie die Blätter wieder zurück auf den Tisch. „Sie mag auf dich und in weiten Teilen auch auf mich etwas seltsam wirken, aber sie ist ein grundehrlicher Mensch. Hätte sie etwas von eventueller Misshandlung seitens Neidel bemerkt, wäre sie persönlich eingeschritten."

Mike nickte und Kate legte ihre flache Hand auf die Blätter. „Ich denke, wer auch immer dieser anonyme Denunziant war, er könnte auch unser Täters ein."

Mike lehnte sich zurück. „Allerdings ist unser Kreis der Verdächtigen sehr klein und ich sehe auch keine

Möglichkeit, ihn zu erweitern."

Er deutete auf die Blätter. „Wenigstens wissen wir jetzt, dass das Jugendamt aus diesem Grund die Familie, also Maxi, Nanni und diesen Neidel intensiver auf dem Schirm hatte. Hat diese Jugendamtsleiterin dir nicht rein hypothetisch gesagt, dass so der leibliche Vater durchaus Erfolg haben könnte, das Sorgerecht zu erhalten?"

Bedächtig nickte Kate. Dann sah sie Mike an.

„Ich muss morgen noch einmal mit Jutta sprechen."

Alarmiert hob Mike den Kopf. „Aber keine Alleingänge", sagte er, so energisch er konnte.

Ein Lächeln erschien auf Kates Gesicht. „Aber ich doch nicht", sagte sie und gab Mike einen Kuss auf die Wange.

Gequält stöhnte der auf.

Bei Jutta Günther hatte Kate immer das Gefühl, in eine Zeitschleuse geraten und in einer anderen Dimension gelandet zu sein. Dabei war es ein durchaus angenehmes Gefühl, wieder in diesem gemütlichen Wohnzimmer zu sitzen, eingehüllt vom Duft nach Kräutern und der Besitzerin des Hauses zuzusehen, wie diese, scheinbar völlig im Einklang mit sich und ihrer Umgebung, ganz fokussiert einen Tee zubereitete und ihn, zusammen mit einigen selbstgebackenen Plätzchen, mit einem Lächeln Kate servierte.

„Meine Liebe, was kann ich für dich tun?", fragte sie erst jetzt, nachdem sie dem, was sie für eine angemessene Gastfreundschaft hielt, nachgekommen war. Kate nahm einen Schluck von dem wunderbaren Kräutertee und lehnte sich dann zurück. „Irgendjemand muss, lange bevor Maxi ermordet wurde, sie ausspioniert haben und es war nicht Robin Feldmann. Ist dir irgendwann irgendetwas aufgefallen, auch wenn es schon länger zurück liegt?"

Jutta Günther dachte angestrengt nach und zog dabei ihre Stirn in tiefe Falten. Schließlich erhob sie sich und ging zum Fenster. Dann winkte sie Kate, neben sie zu treten und deutete auf eine kleine Anhöhe.

„Dort oben stand ein paar Mal ein kleiner Jeep, aber das ist schon länger her."

Kate sah sie an. „Hast du ein Kennzeichen?"

Bedauernd zuckte die Angesprochene mit den Schultern. „Nein, es war meist abends oder zeitig früh. Hier gibt es immer wieder Jäger oder Ornithologen, die Beobachtungen anstellen, daher ist es nichts

Ungewöhnliches. Aber jetzt, wo du es angesprochen hast." Wieder versank Jutta Günther ins Grübeln. „Es war ein dunkler Jeep, ein kleiner, soviel kann ich sagen."

Kate sah hinauf zu der Anhöhe. „Von da oben, wie kommt man da auf die Straße?"

Jutta folgte ihrem Blick. „Ein Feldweg. Mit einem normalen Auto würde ich niemand empfehlen, dort entlangzufahren, da liegt man schneller im Graben als einem lieb ist oder man reißt sich das Auto auf. Das ist eher etwas für Traktoren."

„Oder für einen Jeep", ergänzte Kate nachdenklich, immer noch den Blick auf die Anhöhe gerichtet.

„Und von dort oben kommt man auch hier runter zu euren Häusern, nicht wahr?", fragte sie nach einer Weile und Jutta Günther wandte ihr das Gesicht zu.

„Im Sommer schon, es ist ein kleiner Trampelpfad, den ich auch oft nutze, weil gleich dort drüben eine Streuobstwiese ist und da vorn der Wald."

Dann schüttelte sie den Kopf, „Aber bei dem Schnee ist er unpassierbar." Kate schlenderte langsam zum Tisch zurück und setzte sich wieder. Sie nahm die Teetasse in die Hand und drehte sie nachdenklich hin und her. „Bei dieser Schneemasse jetzt nicht, aber als Maxi ermordet war, lag zwar Schnee, aber nicht so viel wie danach und wie jetzt. Und jemand, der den Weg vorher genau kannte…"

Jutta sah sie alarmiert an. „Dann war es doch ein geplanter Mord?" Kate zuckte die Schultern. „Sagen wir eher, jemand wollte nicht gesehen werden."

Auf dem Weg in Richtung Elsterberg ging Kate eine Menge durch den Kopf, nicht allein Mikes Warnung, ja keine Alleingänge zu unternehmen. Unwillkürlich musste sie lächeln. Als ob er selbst daran glaubte, dass sie das nicht tun würde. Nein, sie musste einfach weitere Informationen sammeln, um überhaupt ein Bild zu bekommen, was an jenem Abend vielleicht passiert war. Erst dann konnte sie ihm, so hoffte sie, ein paar neue Erkenntnisse vorlegen.

Sie stellte ihr Auto in der kleinen Seitengasse ab, las an einem der Häuser zu ihrem Erstaunen an einer Tafel, dass sich hier Thomas Müntzer um 1520 aufgehalten haben sollte und gelangte schließlich zum Haus der Familie Schürer.

Von Mike wusste sie, dass diese außerordentlich vorsichtig zu sein schienen und am liebsten ihn und Marianne wieder weggeschickt hätten, aus Angst, auf falsche Polizisten hereinzufallen.

Sie klingelte, aber niemand schien zu hören. Sie ging etwas am Zaun entlang und sah ein flaches Hintergebäude, wo Licht brannte und eine Säge zu hören war. Eine kleine Hobbywerkstatt also.

Aber das Tor war verschlossen und auf ihr Rufen reagierte niemand, kein Wunder, bei dem Lärm.

Da erschien am Nachbarzaun ein älterer Mann mit Schiebermütze und dickem Wollschal. „Sie wollen wohl zum Harry?", rief er Kate zu und diese nickte lächelnd. „Ja, eigentlich zu Lars."

Der Mann kam etwas näher heran. „Der Lars arbeitet und die Brigitta", er sah in Richtung des gegenüberliegenden Hauses. „Die ist sicher mit der Else einkaufen. Das dauert aber immer, meist fahren sie hoch in den Plauen Park."

Kate sah auf die offenstehende Garage, wo ein dunkelblauer Audi älteren Baujahres stand. Der Nachbar war ihrem Blick gefolgt.

„Ach ne, die fahren immer mit Elses Auto. Ihr Mann, der Bernd, ist ja nun schon fünf Jahre tot und die Else kann auch nicht mehr richtig, aber das Auto, das behält sie. Naja, sie hatten es ja bei Bernds Tod erst zwei Jahre. So ist das, ein Leben lang gearbeitet und dann, zack, umgefallen. Herzinfarkt."

Der Nachbar schien froh zu sein, jemand zum Reden zu haben und schien sich erst jetzt auf seine Manieren zu besinnen. „Aber ich rede und rede. Morgner, Wilhelm Morgner." Er reichte Kate über den Zaun die Hand. Sie stellte sich ebenfalls vor.

„Na dann will ich mal den Harry holen", sagte er und es war ihm anzumerken, dass er lieber noch weiter mit Kate geplaudert hätte, aber an seinem Haus erschien hinter der Gardine ein Frauenkopf.

Kate musste innerlich schmunzeln.

Der Mann klopfte mit der Faust an ein Fenster der an sein Grundstück angrenzenden Werkstatt. Prompt verstummte die Säge und die Tür wurde geöffnet. Ein sehr großer und kräftiger Mann erschien in Hemdsärmeln im Türrahmen.

„Harry, du hast netten Besuch", sagte der Nachbar und deutete auf Kate. „Ich muss dann", sagte er bedauernd und verschwand im Haus.

Harry Schürer kam an den Zaun und musterte Kate. Scheinbar hielt er sie nicht für eine Vertreterin oder etwas ähnliches, sondern fragte sie, zu ihrem Erstaunen. „Sind sie auch von der Polizei?"

Kate reichte ihm eine ihrer Visitenkarten. „Ich bin externe Beraterin bei der Plauener Polizei und Hauptkommissar Köhler, den sie ja bereits kennen, ist mein Mann."

Sonst erwähnte Kate das eigentlich nie, aber hier schien es ihr geboten, zumal Harry Schürer auch bei ihr ziemlich misstrauisch schien. Da er schwieg, ergänzte sie: „Sie können ihn anrufen."

Im Inneren hoffte sie, dass er genau das nicht tun würde, denn Mike wäre sicher alles andere als erfreut über ihren neuerlichen Alleingang, wie er es bezeichnete. Aber Harry Schürer öffnete schweigend das Gartentor und deutete auf die kleine Werkstatt.

„Ich habe noch etwas zu tun, kommen sie doch mit."

Kate betrat hinter ihm den großen, länglichen Raum, der eine perfekt eingerichtete Hobbywerkstatt enthielt. An der langen Werkbank sägte Harry Schürer gerade aus einem großen Baumstamm etwas, was wie eine Eule aussah.

„Ich bin erst am Anfang, wenn sie fertig ist, wird sie ungefähr so aussehen."

Er deutete in eine Ecke, wo eine wunderbare, mindestens einen Meter hohe Holzeule saß. Begeistert ging Kate zu dem regelrechten Kunstwerk und strich bewundernd darüber.

„Verkaufen sie die?", fragte sie und Harry Schürer

nickte. „Ja, ein kleiner Nebenverdienst. Sonst bin ich Lokführer und das ist ein guter Ausgleich."

Er lehnte sich mit dem Rücken an die Werkbank und sah Kate an. „Das war mal die Stickerei meiner Großeltern, früher hatten viele Familien im Vogtland eine kleine Stickerei am Haus. Als ich das Haus dann erbte, habe ich die Stickmaschine entsorgt und mir eine kleine Werkstatt eingerichtet. Aber sie sind sicher nicht hier, um sich meine Familiengeschichte anzuhören."

Kate trat von der Eule weg und wieder auf ihn zu.

„Wollte Lars eigentlich das Sorgerecht für Nanni beantragen?"

Mit dieser Frage schien Harry Schürer nicht gerechnet zu haben. Er sah Kate erstaunt an. „Nein. Das hätte wohl auch wenig Zweck gehabt. Im Übrigen habe ich Maxi immer für eine gute Mutter gehalten."

Das war eine Antwort, die wiederum Kate nicht erwartet hätte. „Ach, ich dachte, wegen dieser Diebstahlsgeschichte von Lukas Neidel?"

Schürer machte eine abfällige Geste. „Ja, der ist und bleibt ein Gangster. Aber darum kümmert sich niemand. Das ist die eine Sache, aber Maxi hat Nanni nicht vernachlässigt, obwohl…" Hier brach er ab und wandte sich wieder seinem Werkstück zu.

„Obwohl?", fragte Kate nach.

„Nichts", lautete die schroff klingende Antwort.

Kate beschloss, etwas nachzuschieben. „Dem Jugendamt liegen jede Menge anonyme Hinweise vor, dass Neidel Maxi misshandelt hätte und Nanni auch."

Langsam wandte sich der große Mann um. Er hatte Schweißperlen auf der Stirn. „Woher wissen sie das?", fragte er misstrauisch und Kate zuckte die Achseln. „Ich bin externe Beraterin der Polizei, wie ich ihnen bereits sagte", antwortete Kate kryptisch und sah Schürer intensiv an.

„Ist ihnen an Nanni je etwas aufgefallen, was auf eine Misshandlung deuten würde?"

Dann machte sie eine fahrige Geste in die Luft. „Das war eine dumme Frage, natürlich nicht, denn das hätten sie ja zur Anzeige bringen müssen, nicht wahr?"

Ihr Gegenüber schluckte wortlos. Ganz gleich welche Fähigkeiten Harry Schürer hatte, ein guter Pokerspieler wäre er nie und nimmer geworden.

„Sie wissen, wer diese Briefe geschrieben hat, nicht wahr?", fragte sie leise und sah, wie er heftig schluckte.

„Harry, sag nichts", ertönte plötzlich eine Stimme von der Tür und Kate fuhr herum. Eine Frau mittleren Alters in einem dunklen Mantel stand ein paar Meter von ihr entfernt. Sie musste fast lautlos hereingekommen und einen Teil ihres Gespräches gehört haben.

„Frau Schürer?", fragte Kate, aber die Frau antwortete ihr nicht, sondern starrte nur ihren Mann an, der heftig schluckte und den Kopf gesenkt hielt.

„Sie haben diese Briefe geschrieben, nicht wahr, Frau Schürer? Sie wollten, dass Nanni bei Lars und bei ihnen aufwächst."

Kate war etwas näher an Brigitta Schürer herangekommen, doch diese wich zurück und presste sich an einen Werkzeugschrank, dessen Schubläden offenstanden.

Obwohl Brigitta Schürer einen dicken Mantel trug, war sie doch eine ausgesprochen zierliche Person, die den Schrank und die Schubladen nicht völlig verdecken konnte. Kates Blick fiel auf einen Gegenstand und sie verengte automatisch die Augen.

In diesem Moment hatte Brigitta Schürer ihn bereits in der Hand und richtete ihn in Kates Richtung.

„Sie zerstören meine Familie nicht, sie nicht", zischte sie.

Kate sprang zurück, sah aber das Kabel nicht, das hinter ihr gespannt war und fiel auf den Rücken und ihr Kopf prallte hart auf den Betonboden.

Kate war leicht benommen und blinzelte, als sie sah, wie Harry Schürer seine Frau festhielt und, obwohl er ihr körperlich überlegen war, sie kaum bändigen konnte.

„Brigitta, hör doch auf, das hat doch keinen Zweck mehr", sagte er immer und immer wieder und schließlich fiel der Gegenstand, den sie in der Hand hatte, polternd zu Boden.

Inzwischen gelang es auch Kate, wieder auf die Beine zu kommen, als die Tür mit einem lauten Krachen ge-öffnet wurde. Kate war sich nicht sicher, ob das, was sie sah, die Folge ihres Sturzes oder Realität war. Mike Köhler, Marianne Jäger und Frieder Lein stan-den plötzlich mitten im Raum. Letzterer hatte Hand-schellen in der Hand und steuerte auf Brigitta Schürer zu, als sich deren Mann ihm in den Weg stellte. „Sie geht mit ihnen mit, aber bitte, keine Handschellen."

Frieder sah zu Mike, der etwas nickte. Dann ging er zu Kate und sah sie von oben bis unten an. „Du bist schmutzig", sagte er ruhig und deutete auf ihren Mantel. Kate holte tief Luft und verspürte den Drang, plötzlich loszulachen, den sie aber unterdrückte.

„Ich bin hingefallen" murmelte sie stattdessen erklä-rend und rieb sich den Hinterkopf. Er schmerzte zwar, aber sie spürte kein Blut. Während Frieder ge-meinsam mit Marianne Brigitta Schürer hinausführ-ten, nahm Mike Kate am Arm. „Sie halten sich zu un-serer Verfügung", sagte er zu Harry Schürer und schob seine Frau in Richtung Ausgang.

„Wie hast du mich gefunden?", fragte Kate, als sie mit Mike und Marianne, Frieder, Karsten und Omar im Beratungsraum des Polizeipräsidiums saß.

„Wie du mir, so ich dir", sagte dieser und zog die Augenbrauen nach oben.

Kate verstand. Er hatte sie von Steven tracken lassen. Das nahm sie weder ihm noch ihrem Mitarbeiter übel. Seit man sie damals entführt hatte, war es für sie ein Standard, immer geortet werden zu können. Auch wenn sie selbst sich diesmal in keiner brenzlichen Situation gesehen hatte, scheinbar sah Mike das anders, zumindest was seine Miene anging, mit der er sie ansah.

„Es war nur ein Verdacht", sagte sie, allerdings ziemlich kleinlaut. „Ja, du hast ja recht, ich hätte etwas sagen müssen", ergänzte sie und sah Mariannes verständnisvolles Lächeln.

Mike verzog hingegen keine Miene. „Ich hatte gesagt, keinen Alleingang."

„Sollen wir rausgehen?", fragte Omar provokativ und erntete einen eisigen Blick von Mike. Zumindest hatte er damit die Spitze des Konflikts abgebrochen, denn Mike entspannte sich etwas.

„Also, wir haben jetzt das Tatwerkzeug, zu 90%, sage ich mal", meldete sich Karsten Windisch zu Wort.

„Es ist dieses Nudelholz, mit dem Frau Schürer auch Kate eins drüberbraten wollte", ergänzte er und Kate warf ihm einen genervten Blick zu.

„Ja wollte, aber nicht getan hat. Mein Gott, ich hätte sie zu jeder Zeit abwehren können, verflixt und zugenäht", sagte sie jetzt verärgert.

„Außer ihr Mann hätte sie nicht abgehalten, sondern mit ihr gemeinsame Sache gemacht", wandte jetzt Frieder Lein ein.

„Halt die Klappe", fuhr Omar ihn an, worauf dieser so erschrocken den Pathologen ansah, das Kate laut auflachte. Dann zwinkerte sie Frieder zu, der ihr einen beleidigten Blick zuwarf.

„Hast ja recht", raunte sie ihm zu und sah dann zu Mike. „Hat sie etwas gesagt?", fragte sie, um Sachlichkeit bemüht.

Der nickte. „Ja, ich habe das Gefühl, das ihr das so schwer auf der Seele lastete, dass sie richtig froh war, alles erzählen zu können. Es ging die ganze Zeit um Nanni. Frau Schürer hatte es nicht verwunden, dass sich Maxi Krüger von ihrem Sohn getrennt hatte. Am Anfang dachte sie, es renkt sich wieder ein, aber dann lernte diese Lukas Neidel kennen und der war Brigitta Schürer ein Dorn im Auge. Sie sammelte geradezu krankhaft jede Kleinigkeit über sein Leben, spionierte ihn und Maxi aus und nutzte dazu den Jeep ihrer betagten Nachbarin, den diese nicht mehr fahren konnte und ihr gern zur Verfügung stellte. Sie schrieb all die anonymen Briefe ans Jugendamt, in der Hoffnung, diese würden etwas unternehmen." Er räusperte sich und nahm einen Schluck Mineralwasser. „Sie wollte Maxi nichts antun, das glaube ich ihr sogar. Aber an jenem Abend sind bei ihr die Sicherungen durchgebrannt. Sie hat gemerkt, dass ihr Sohn noch einmal wegmusste und sagte ihrem Mann, sie müsse sich noch etwas um ihre Nachbarin kümmern, die sich angeblich nicht gut fühlte. Stattdessen holte sie sich deren Jeep, zu dem sie ja einen Schlüssel hatte und folgte ihrem Sohn. Sie hatte wirklich geglaubt, er trifft sich wieder heimlich mit Maxi, stattdessen fuhr er in einen Puff. Ihr Sohn, ihr ein und alles. Wer war denn daran schuld, dass er so weit gekommen war? Also fuhr sie zu Maxi."

„Aber nicht vor die Haustür, sondern sie kam über diesen Schleichweg", wandte hier Kate ein und erzählte von Jutta Günthers Beobachtungen.

Mike nickte. „Ja, sie stellte sie zur Rede. Es muss wohl ziemlich laut zugegangen sein, jedenfalls wies Maxi sie aus dem Haus und als ihre Ex- Schwiegermutter nicht gehen wollte, zog sie sich einen Mantel über und wollte, das ist jetzt eine Vermutung, zu Jutta Günther laufen und sie zu Hilfe holen. Brigitta Schürer nahm das Nudelholz, rannte ihr nach und schlug zu. Sie sagt, sie dachte, Maxi wäre tot und ist panisch zu dem Auto gerannt, das Nudelholz noch in der Hand. Zu Hause hat sie es in der Werkstatt ihres Mannes versteckt."

Omar runzelte die Stirn. „Und der will von alledem nichts gewusst haben?"

Kate schüttelte den Kopf. „Doch, ich habe gesehen, dass er es wusste oder zumindest etwas ahnte. Aber erst als sie mit diesem Nudelholz auf mich los ist, hat er gemerkt, dass alles aus dem Ruder läuft."

Jutta Günther rieb die Hände aneinander und sah
Kate traurig an. „Ich kann es noch immer nicht fassen. Wie nehmen es denn Lars und Harry auf?"
Kate seufzte. „Harry Schürer hat mit Sicherheit längst
etwas geahnt oder auch gewusst, aber verdrängt.
Zurzeit schweigt er beharrlich und es wird schwer
bis unmöglich sein, ihm irgendeine Beteiligung an
der Tat nachzuweisen. Brigitta Schürer bleibt dabei,
dass ihr Mann nichts wusste und auch Lars nicht."
Jutta schüttelte bekümmert den Kopf. „Der arme
Junge, wird man ihm wegen der Sache mit dem Geld
und dem Schmuck von Maxis Mutter irgendetwas
anhaben können?"
Kate nippte an ihrem Tee und zuckte leicht die Schultern. „Wohl kaum. Wenn Frau Krüger keine Anzeige
erstattet, denke ich nicht."
Fast erleichtert atmete Jutta Günther auf. „Das denke
ich nicht. Unter normalen Umständen hätte sie es
vielleicht getan, aber jetzt? Immerhin geht es auch
um Nanni. Das Jugendamt könnte vielleicht Anstoß
daran nehmen, wenn eine Anzeige gegen Lars vorliegen würde."
Sie schenkte Kate und sich aus der bauchigen Kanne
nach. Dann erhob sie sich und ging zu einem Hocker,
der voller Bücher lag und nahm ein Blatt Papier zur
Hand. Sie setzte sich damit und legte es vor sich auf
den Tisch. „Das ist ein Brief von Lukas. Er hat sich
bei mir entschuldigt, weil er so ausfallend war und

mich beschimpft hat." Sie lächelte und strich darüber.
„Darüber habe ich mich sehr gefreut. Caroline hat
doch recht, im Inneren ist er ein netter Junge."
Kate zog leicht die Augenbraue nach oben. „Naja, so
weit würde ich nicht gleich gehen, aber ja, vielleicht
nutzt er nach seiner Haftentlassung seine Chance
und hört mit dieser Dealerei auf." Dann sah sie durch
das sonnendurchflutete Fenster.

„Was wird eigentlich aus dem Haus?", fragte sie und
deutete nach drüben, wo Maxi Krügers Haus im
Schein der Wintersonne lag. Jutta Günther schaute
wieder bekümmert. „Caroline will es so schnell wie
möglich verkaufen, das macht mir etwas Sorge, weil
ich nicht weiß, wer dann hier hereinzieht und…"
Sie schwieg. Kate erhob sich und trat an das Fenster.
„Naja, so einfach dürfte sie es nicht loskriegen, nach
der Geschichte, die sich hier ereignet hat."
Jutta war neben sie getreten, „Ja, die meisten Vogt-
länder sind da schon recht abergläubig."
Kate trommelte versunken mit der Hand leise gegen
die Fensterscheibe. „Also, ich würde es kaufen."
Erstaunt sah Jutta sie an. „Ihr habt doch ein Haus?",
fragte sie und Kate nickte. „Ja. Ich würde es dann
vermieten. Und zwar an einen netten jungen Mann in
dessen Gegenwart du dich absolut sicher fühlen
kannst. Würdest du mir eine Verbindung zu Caroline
Krüger herstellen."
Jutta sah sie an und lächelte. „Sehr, sehr gerne", sagte
sie und legte ihren Arm um Kates Schulter.

171

Kate sah von ihrem Schreibtisch auf, als Maria ihr
Bogdans Bodyguard Oleg ankündigte. „Bitte, er soll
hereinkommen", sagte sie und stand auf.
Der große Russe blieb in der Türfüllung stehen, als
sei es ihm peinlich näher zu treten. Kate musste innerlich grinsen.
Bei Bogdans Männern hatte es sich herumgespro-
chen, dass sie den beiden Möchtegerngorillas, die ihr
am Anfang ihrer Tätigkeit hier in Plauen klar machen
wollten, dass sie hier nicht erwünscht sei, eine or-
dentliche Abreibung verpasst hatte. Damit hatte sie
sich nicht nur Bogdan Serwowitschs Respekt gesi-
chert, sondern auch den seiner Männer.
„Oleg, nehmen sie doch Platz", sagte sie schließlich,
nachdem dieser keine Anstalten machte etwas zu sagen oder sich auch nur näher zu bewegen. Etwas umständlich setzte er sich an den kleinen Tisch, an dem
auch Kate Platz nahm.
„Wie kann ich ihnen helfen?", half sie ihm auf die
Sprünge.
„Also, Frau Schulz, es geht um Bogdan", sagte er
leise. Sie nickte. „Das dachte ich mir schon."
Er sah sie fast flehentlich an. „Aber was wir hier be-
sprechen, muss unter uns bleiben."
Kate nickte wieder. Der Russe schien etwas beruhigt,
denn seine Körpersprache deutete leichte Entspan-
nung an.
Dann holte er tief Luft. „Bogdan hat eine Frau

172

kennengelernt" platzte er heraus und Kate war fast versucht, laut heraus loszulachen.

„Das soll vorkommen", murmelte sie stattdessen, was ihr einen irritierten Blick von Oleg einbrachte. Dann fuhr er fort. „Das Kennenlernen fand unter sehr abenteuerlichen Umständen statt. Es war am 26.12., als sie alle zusammen im Kaffeehaus Müller waren." Kate erinnerte sich. Bogdan war zusammen mit Oleg eher aufgebrochen, weil er noch zu einem Termin musste.

Dann berichtete ihr Oleg von dem Hundeangriff, Bogdans Sturz und seiner Einladung an die Frau als Quasiwiedergutmachung für deren Hund, der ihn fast zu Tode liebkost hatte. Kate, die das alles sehr plastisch vor sich sah, musste jetzt doch loslachen, eine Heiterkeit, die Oleg scheinbar nicht zu teilen schien.

Nachdem sie sich wieder beruhigt hatte, sah sie den Russen eindringlich an. „Wo liegt denn jetzt das Problem?"

Oleg seufzte. „Er trifft sich öfter mit ihr und ich bin mir nicht sicher, ob diese Hundeattacke nicht Teil eines Planes ist."

Jetzt hatte er Kates ungeteilte Aufmerksamkeit.

„Hmm", machte sie. „Wissen sie den Namen der Dame?"

Oleg nickte. „Bogdan trifft sich immer allein mit ihr, lässt sich auch nicht abholen von mir. Aber ich bin ihr einmal nachgegangen."

Er senkte etwas den Kopf und Kate berührte kurz

seinen Arm. „Das verstehe ich, sie machen sich schließlich Sorgen um ihn, hoffen wir nur, dass diese nicht berechtigt sind."

Der Russe richtete sich wieder zu seiner vollen Größe auf, dankbar, das Kate ihn zu verstehen schien. „Sie wohnt zentrumsnah, in der Melanchthonstraße. Ihr Name ist Kristine Domatsch."

Kate nickte. „Gut. Ich werde diskret Erkundigungen einziehen lassen. Das bleibt alles unter uns und ich gebe ihnen Bescheid. Wenn sich allerdings ihr Verdacht bestätigen sollte, muss ich Bogdan warnen, das verstehen sie doch?"

Oleg nickte und erhob sich. „Danke, Frau Schulz." Damit war er zur Tür hinaus.

Kate blieb noch eine Weile an dem Tisch sitzen. Sollte Oleg tatsächlich recht haben und irgendjemand hatte es auf Bogdan abgesehen und stellte ihm eine Venusfalle? Anderseits hatte Bogdan ein gutes Gespür, sonst hätte er in seiner Branche nicht so lange unbeschadet überlebt.

Sie würde ausgesprochen diskret ermitteln, denn wenn das wirklich harmlos war und auf eine ernste Beziehung hinauslaufen sollte, wäre das Bogdan von ganzem Herzen zu gönnen. Schließlich erhob sie sich und ging hinaus zum Tresen, wo Maria hinter dem Monitor saß und bei ihrem Eintritt aufschaute.

„Ruf doch bitte Steven an, er soll schauen, was er über eine Kristine Domatsch herausfindet, Wohnsitz hier in Plauen, Melanchthonstraße. Aber sehr diskret." Diese nickte.

Steven bot Kate einen Kaffee an und nahm sich selbst einen Tee. Leider konnten sie seinen kleinen Balkon, von dem man einen wunderbaren Blick über das gesamte Westend hatte, nicht nutzen, da dieser zum einen total verschneit, zum anderen mit einem gut gewachsenen Weihnachtsbaum dekoriert war.

Er war ihrem Blick gefolgt und lächelte.

„Das war Abbys Idee und das andere auch." Er deutete auf diverse Räuchermänner und Nussknacker.

Kate lächelte. Scheinbar war ihr Computerexperte ein ähnlicher Weihnachtsmuffel wie ihr Ehemann.

Aber seit Annalena „Abby" Heimat mit Steven liiert war, hatte auch sie dessen Junggesellenleben ziemlich auf den Kopf gestellt, was, so war es jedenfalls Kates Meinung, diesem doch ganz gut tat.

Er hatte seinen Laptop, mit dem er faktisch verwachsen schien, auf dem Tisch platziert, sodass er ihn bei Bedarf zu Kate herumdrehen konnte.

„Also dann, Kristine Domatsch, 37 Jahre, ledig. Vielleicht sagt dir die Modelinie *KrisTin* etwas?"

Kate zog die Augenbrauen nach oben. „Allerdings. Sag bloß…"

„Ja", unterbrach Steven sie und grinste. „Kristine Domatsch ist die Tochter eines Zahnarztes und einer Balletttänzerin. Ihr Vater ist bereits vor Jahren verstorben, ihre Mutter an Alzheimer erkrankt. Das ist übrigens der Grund, warum sie wieder nach Plauen gezogen ist, aber erst einmal der Reihe nach."

Er nippte kurz an seinem Ingwertee. „Kristine hat nach dem Abitur mit einem Modedesignstudium begonnen. Fast zeitgleich begann sie eine Modelkarriere. Sie muss relativ erfolgreich gewesen sein und wurde schon als neue Claudia Schiffer gehandelt. Aber dann hörte sie plötzlich mit dem Modeln auf und gründete, sehr erfolgreich, die Modelinie *KrisTin*. Wie ich bereits sagte, ist sie nach Plauen vor zwei Jahren zurückgekommen, hat sich hier zwei Eigentumswohnungen gekauft. In einer lebt ihre demente Mutter mit einer Pflegekraft, die andere bewohnt sie mit ihrem Hund."

Kate musste wieder daran denken, dass besagter Hund Bogdan Serwowitsch zu Boden gerissen hatte und so diese Sache überhaupt erst ins Rollen gekommen war. Als sie in sich hineingrinste, zog Steven die Stirn kraus.

„Sollte ich irgendetwas wissen?", fragte er und Kate überlegte eine Weile. Dann entschied sie sich aber, Steven reinen Wein einzuschenken.

Als sie geendet hatte, lachte auch Steven herzhaft, scheinbar stellte auch er sich den am Boden liegenden Bogdan vor, den heftigen Liebkosungen eines riesigen Hundes ausgesetzt. Dann klappte er den Laptop zusammen.

„Ich denke, Oleg beunruhigt sich grundlos, zumindest was die finanzielle Seite betrifft. Kristine Domatsch ist eine äußerst wohlhabende Frau, ihr Unternehmen steht auf soliden Füßen. Auch sonst konnte ich in ihrer Vergangenheit keinen sogenannten dunklen Punkt finden."

Kate lehnte sich deutlich entspannt zurück und trank

ihren Kaffee.

„Und ihre Modelkarriere? Warum hat sie die wohl abgebrochen."

Steven zuckte die Schultern. „Das Einzige, was ich dazu gefunden habe, war ein Interview, was sie einer renommierten Modezeitschrift gegeben hat. Dort wurde sie genau dazu gefragt und ihre Antwort fiel wohl recht kurz aus. Sie habe den ganzen Zirkus sattgehabt, meinte sie."

Kate nickte. „Das ist nachvollziehbar. Aber das Geld, was sie damit verdiente, hat sie ja dann sehr sinnvoll angelegt." Sie stellte ihre Tasse ab und erhob sich.

„Gut. Dann bitte ich dich nur, darüber Stillschweigen zu bewahren. Da ja keine Gefahr für Bogdan zu bestehen scheint, müssen wir ihm nichts sagen und Oleg damit verraten."

Steven nickte. „Nein, ich sehe auch keine Gefahr, außer das Bogdan vielleicht endlich in feste Hände geraten könnte, oder…" Er hob mit ernster Miene den Finger. „Das er zu Tode liebkost wird von einem riesigen Hund."

Beide brachen in Gelächter aus.

Nachwort:

Danke, meine lieben Leserinnen und Leser, dass Sie mir auch wieder bei dem 16. Fall um Kate Schulz treu geblieben sind. Dieses Mal ging es ja etwas mystisch zu, aber so ist sie halt, die Zeit zwischen den Jahren in unserem schönen Vogtland.

Wie immer sind die von mir geschilderten Geschichten, Einrichtungen und Menschen fiktiv. Allerdings sind die Straßen und Plätze und viele der erwähnten Gebäude in meiner Heimatstadt Plauen real.

Real ist auch die Plauener Kaffeerösterei und ihr Besitzer Daniel, der so freundlich ist, mir zu gestatten, Teile meiner Geschichten in seinen Räumen anzusiedeln, das gleiche gilt für das Kaffeehaus Müller. Beide Lokalitäten spielen in fast jeder Folge eine mehr oder weniger große Rolle.

Die Idee, dass in dieser Folge Bogdan Serwowitsch (vielleicht!) sein ganz privates Glück finden könnte, kommt von meiner lieben Kollegin Kristin, deren Hund (natürlich unter einem Aliasnamen- es lebe der Datenschutz 😊) auch einen Auftritt hat. Wie es weiter geht- man darf gespannt sein...

Zur Autorin:

Annette G. Krupka wurde in Plauen geboren. Sie besuchte hier die Schule, lernte Krankenschwester, studierte später Pflegemanagement, erwarb einen Masterabschluss und ist als freiberufliche Unternehmensberaterin tätig.

Heute lebt sie in einer Thüringer Kleinstadt und hat ein Fachbuch zum Thema Pflege veröffentlicht.

„**Rauhnacht**" ist der sechzehnte Teil um die ehemalige FBI-Agentin Kate Schulz.

Bisher erschienen sind:

Lebensborn
Golem
Entführt
Methusalem
Filmriss
Virus
Engelsflug
Würgemale
Verlassen
Culpa
Phobie
Stollentod
Klassentreffen
Game
Nemesis

Weitere Folgen sind geplant.

Liebe Leser, danke, dass Sie Kate Schulz bis zum Ende des sechzehnten Falles gefolgt sind.

Sind Sie neugierig, wie es weiter geht mit Kate Schulz???
Bald ist es so weit:

Kate Schulz 17 – „Marianne"

Der schneereiche und lange Winter ist zu Ende gegangen und Plauen erblüht im ersten Frühlingsgrün. Kate Schulz, Mike Köhler sowie Jasmin und Omar Amri sind eben aus Amerika zurückgekehrt, wo Kates ehemaliger Kollege, Spezialagent Ben Thomson geheiratet hat.
Als am Montagmorgen Hauptkommissar Mike Köhler seine Kollegin Kommissarin Jäger, nicht wie gewohnt in ihrem Büro antrifft, beschleicht ihn ein ungutes Gefühl.
Noch ehe er sie anrufen kann, kommt ihr Mann Torben ins Polizeipräsidium und meldet seine Frau als vermisst.
Sofort findet eine umfangreiche Suchaktion statt, aber man findet nur Mariannes Wagen auf dem Deck eines Einkaufscenters. Die Tür ist unverschlossen, der Fahrersitz voller Blut.
Wo ist Kommissarin Jäger und lebt sie überhaupt noch?

Leseprobe- „Marianne"

„Also, ich verbringe meinen letzten Urlaubstag heute definitiv auf dem Rücken von *Lohengrin*", sagte Kate und trank ihren Kaffee aus.

„Du Glückliche", murmelte Mike und stand vom Frühstückstisch auf.

Sie lächelte ihn an. „Tu bloß nicht so, du bist doch froh wieder dein geliebtes Polizeipräsidium von innen zu sehen", neckte Kate ihn und streckte sich.

„Siehst du, ich habe kompetente Mitarbeiter und kann es mir leisten erst morgen aufzukreuzen."

Lachend schüttelte Mike den Kopf, dann gab er ihr einen Kuss. „Viel Spaß heute", sagte er und sie hörte noch, wie die Tür ins Schloss fiel.

Mike fuhr Richtung Freiheitsstraße und musste noch immer lächeln. Es war eine tolle Zeit in den Staaten gewesen, aber Kate hatte recht, er war auch froh, wieder arbeiten zu können. Bewusst hatte er sich nicht zurückgemeldet, sondern trat heute Morgen einfach den Dienst an.

Er fuhr auf den Parkplatz und sah nach rechts. Dort parkte immer Marianne Jägers kleiner Ford. Vielleicht war sie heute zu Fuß gekommen oder ihr Mann hatte sie gefahren. Er ging in sein Büro, um seine Jacke abzulegen, als ihm schon auf dem Flur Frieder Lein entgegenkam.

„Hallo, Mike. Wieder im Lande? Wie war's?"

Mike nickte ihm zu. „Bis auf den Flug, sehr schön."

Der Kriminalanwärter grinste etwas. Er kannte

inzwischen Mikes Aversion gegen das Fliegen.

„Frieder, sagst du bitte gleich Marianne Bescheid, wegen der Übergabe? In zehn Minuten im Beratungsraum?"

Der junge Mann sah ihn achselzuckend an. „Marianne ist nicht da."

Erstaunt sah Mike auf seine Uhr. Kurz vor 8.00 Uhr? Um diese Zeit war Marianne immer längst da und hatte Kaffee gekocht, das war so ein Ritual, das sich in all den Jahren eingebürgert hatte.

„Naja, sie wird bestimmt gleich kommen", sagte Frieder, aber Mike zog sein Smartphone aus der Tasche. Keine Nachricht von ihr. Vielleicht war sie krank und gleich zum Arzt gegangen? Aber selbst da hätte sie ihm eine Nachricht hinterlassen.

Er beschloss noch etwas zu warten und dann anzurufen. In diesem Moment klingelte sein Telefon.

„Herr Hauptkommissar? Hier ist der Ehemann von Frau Kommissarin Jäger für sie", sagte die diensthabende Beamtin.

„Schicken sie ihn hoch", sagte Mike und legte auf. Er hatte plötzlich ein ungutes Gefühl.

In diesem Moment kam bereits Torben Jäger um die Ecke gebogen. Er war ein großer, kräftiger Mann, der durchaus Omar Amri Konkurrenz machen konnte, bewegte sich aber im Gegensatz zu diesem viel und gern. Er war der Typ Naturbursche, wie seine beiden Söhne, die darin ihrem Vater ähnelten.

Jetzt wirkte Torben Jäger eher verstört, als er an Mike herankam.

182

„Marianne ist verschwunden", sagte er atemlos und Mike zog ihn in sein Büro. „Setz dich erst einmal", sagte er und nahm dann dem Mann seiner Kollegin gegenüber Platz.

„Was ist passiert?", fragte er betont ruhig und sah, wie Torben Jäger seine großen Hände fest ineinander presste. Dann holte er tief Luft und sah Mike an.

„Sie hat sich gestern Abend mit einer ehemaligen Bekannten getroffen, die früher einmal in Plauen gewohnt hat." Er atmete wieder tief ein und aus. „Ich war gestern in Leipzig bei Niels, unserem Jüngsten. Ich hatte ihm in seiner Studentenbude ein bisschen geholfen, das eine und andere aufzubauen. Als ich zurückkam, war es schon nach Mitternacht und da wollte ich Marianne nicht stören. Ich weiß doch, dass sie früh raus muss. Also habe ich mein Auto unter den Carport gestellt, weil ich dachte, ihr Ford steht in der Garage und habe im Kinderzimmer geschlafen."

Mike wusste aus Mariannes Erzählungen, dass dies öfter der Fall war, wenn ihr Mann spät nach Hause kam.

Torben Jäger räusperte sich. „Ich wollte sie dann heute mit einem Frühstück überraschen, bin also zeitig aufgestanden, habe den Tisch gedeckt und als ich sie wecken wollte, war das Bett unberührt. Ich bin gleich in die Garage, ihr Auto ist auch nicht da und ihr Smartphone ist ausgeschaltet."

Jetzt war auch Mike alarmiert. Das Marianne vielleicht bei ihrer Bekannten übernachtet hatte, wäre ja noch im Bereich des Möglichen gewesen, aber nicht,

183

dass sie ihr Smartphone ausschaltete.

„Hast du die Adresse der Bekannten von Marianne?", fragte er jetzt, aber Torben Jäger schüttelte den Kopf. „Ich weiß ja nicht mal deren Namen. Ich habe einfach nicht richtig zugehört."

Er schüttelte immer wieder ratlos den Kopf.

Mike stand auf und klopfte ihm auf die Schulter.

„Vielleicht war es ihr auch gar nicht so wichtig und darum hat sie es dir gegenüber nicht erwähnt, wer diese Bekannte ist. Ich lasse jetzt ihr Smartphone orten und sage den Kollegen Bescheid, sie sollen nach ihrem Auto Ausschau halten. Geh nach Hause, vielleicht ist sie schon auf dem Weg dorthin."

Mike klang optimistischer, als er tatsächlich war, aber Torben Jäger nickte und erhob sich schwerfällig.

„Du benachrichtigst mich?", fragte er noch einmal vorm hinausgehen und Mike nickte. „Aber natürlich."

Kaum war er allein, griff Mike zum Telefon. Noch ehe er wählen konnte, kam Frieder Lein zur Tür hereingestürzt. Alarmiert sah Mike auf. „Mariannes Ford wurde auf dem Elsterpark- Parkplatz gefunden."

„Und?", fragte Mike.

Er sah, wie Frieder schluckte. „Keine Spur von Marianne, aber das Auto ist offen und..."

Er holte tief Luft. „Der Fahrersitz ist voller Blut."